少女の文学 1

眠れる美女

川端康成

Petit

眠れる美女

川端康成

目次

眠れる美女

初出　昭和三五年一月—三六年一一月『新潮』

その一

たちの悪いいたずらはなさらないで下さいませよ、眠っている女の子の口に指を入れようとなさったりすることもいけませんよ、と宿の女は江口老人に念を押した。

二階は江口が女と話している八畳と隣の――おそらくは寝部屋の二間しかなく、見たところ狭い下にも客間などなさそうで、宿とは言えまい。宿屋の看板は出していない。またこの家の秘密は、そんなものを出せぬだろう。家のなかは物音もしない。鍵のかかった門に江口老人を出迎えてから今も話してる女しか、人を見かけなかったが、それがこの家のあるじなのか、使われている女なのか、はじめての江口にはわかりかねた。とにかく客の方からはよけいなことを問いかけないのがよさそうである。

女は四十半ばぐらいの小柄で、声が若く、わざとのようにゆるやかなものいいだった。薄い脣《くちびる》を開かぬほどに動かせ、相手の顔をあまり見ない。黒の濃いひとみに相手の警戒心をゆるめる色があるばかりでなく、女の方にも警戒心のなさそうな、ものなれた落ちつきがあった。桐の火鉢《ひばち》にかけた鉄瓶《てつびん》に湯がわいている、その湯で女は茶を入れたが、煎茶《せんちゃ》の品質も加減も、こういう場所、場合としては、じつに思いがけなく上々なのも、江口老人をほぐれさせた。床には川合玉堂《かわいぎょくどう》の――複製版にちがいないが、あたたかく紅葉した山里の絵がかかっている。この八畳間は異常をひそめたけはいがない。

「女の子を起こそうとなさらないで下さいませよ。どんなに起こそうとなさっても、決して目をさましませんから……。女の子は深あく眠っていて、なんにも知らないんですわ。」と女はくりかえした。「眠り通しで、始めから終りまでわからないんでございますからね。どなたとおやすみいたしましたかも……。それはお気がねがありません。」

江口老人はいろんな疑いがきざすのを、口には出さなかった。

「きれいな娘でございますよ。こちらも安心の出来るお客さまばかりにいらしていただいてますし……。」

江口は顔をそむけるかわりに腕時計に目を落した。

「なん時でございますか。」

「十一時十五分前だね。」

「もうそんな時間でございましょうね。お年寄りはみなさん、お早いおやすみで、朝はお早いようですから、いつでもどうぞ……。」と女は立って、隣室へ行く戸の鍵をあけた。

左利きであるのか左手を使った。江口は鍵をあける女につられて息をつめた。女は首だけ戸の向うに傾けて、なかをのぞいていた。女はこうして隣室をのぞくのにもなれているのにちがいなくて、なんでもないうしろ姿なのだが、江口にはあやしいものに見えた。帯の太鼓の模様にあやしい鳥が大きかった。なに鳥かわからない。これほど装飾化した鳥になぜ写実風な目と脚とをつけたのだろう。もちろん気味悪い鳥ではなく、模様として不出来というだけだが、この場の女のうしろ姿に、気味の悪さを絞るとすると、この鳥である。帯の地色は白に近い薄黄だった。隣室はほの暗いようだ。

女は戸を元通りしめると、鍵をかけないで、その鍵を江口の前の机においた。隣室をしらべたという顔でもなく、ものいいも同じだった。

「これが鍵でございますから、ごゆっくりおやすみ下さいませ。もし寝つきがお悪いようでしたら、枕もとに眠り薬がおいてございます。」

「なにか洋酒はないの?」

「はい。お酒はお出しいたしません。」

「寝酒に少しでもいけないのかね。」

「はい。」

「娘さんは隣りの部屋にいるの?」

「もうよく眠って、お待ちしております。」

「そう?」江口は少しおどろいた。その娘はいつ隣室へはいって来たのだろうか。いつから眠っているのだろうか。女が戸を細目にあけてのぞき見したのは、娘の眠りをたしかめたのだろうか。しかし娘が寝入りこんで待って、そして目覚めないなどということは、この家を知る老人仲間から聞いてはいたものの、江口はここに来てみて、かえって信じられぬようだった。

「こちらでお着かえなさいますか。」それなら女は手つだうつもりらしい。江口はだまっていた。

「波の音がいたしますね。風も……。」

「波の音か。」

「おやすみなさいませ。」と女は言って引き取った。

ひとり残されると、江口老人は種もしかけもない八畳間を見まわしてから、隣室へ行く戸に目をとどめた。半間《はんげん》の杉の板戸だった。この家を建てた時からのものでなく、後でつけたらしい。そう気がついて見ると、隔《へだ》ての壁ももとは襖《ふすま》だったのを、「眠れる美女」の密室とするために、後で壁に変えたのかと思われる。そこの壁の色はほかと合わせてあるが新しいようだ。

女がおいて行った鍵を江口は手に取ってみた。ごく簡単な鍵だ。鍵を持つのは隣室へ行く支度のはずだが、江口は立たなかった。女も言ったが、波の音が荒い。高い崖《がけ》を打つように聞える。この小さい家がその崖のはずれに立っているように聞える。風は冬の近づく音である。冬の近づく音と感じるのは、この家のせい、江口老人の心のせいかもしれなくて、火鉢だけで寒くはない。暖かい土地でもある。風に木の葉の散るけはいはない。江口は夜おそくこの家に来たので、あたりの地形はわからないが、海の匂いはしていた。門をくぐると、家のわりに庭が広くて、松ともみじのかなりの大木が多かった。小暗い空に黒松の葉が強かった。前は別荘だったのだろう。

江口は鍵を持ったままの手で煙草に火をつけると、一吸い二吸い、ほんのさきだけで灰皿に消していたが、つづけて二本目はゆっくりと吹かした。軽い胸騒ぎの自分をあざけるよりも、いやなむなしさが強まった。ふだん江口は洋酒を少し使って寝つくのだが、眠りは浅く、悪い夢を見がちだった。若くて癌《がん》で死んだ女の歌読みの歌に、眠れぬ夜、その人に「夜が用意してくれるもの、蟇《がま》、黒犬、水死人のたぐい」というのがあったのを、江口はおぼえると忘れられないほどだった。今もその歌を思い出して、隣の部屋に眠っている、いや、眠らせられているのは、「水死人のたぐい」のような娘ではないかと思うと、立って行くのにためらいもあるのだった。娘がなにで眠らせられているか聞いてはいないが、とにかく不自然な前後不覚の昏睡《こんすい》におちいっているらしいから、たとえば麻薬におかされたような鉛色《なまりいろ》に濁った肌で、目のふちはくろずみ、あばら骨が出てかさかさに痩《や》せ枯れているかもしれない。ぶよぶよ冷めたくむくんだ娘かもしれない。いやな紫色によごれた歯ぐきを出して、軽いいびきをかいているかもしれない。江口老人も六十七年の生涯のうちには、女とのみにくい夜はもちろんあった。しかもそういうみにくいことの方がかえって忘れられないものである。それはみめかたちのみにくさというのではなく、女の生のふしあわせなゆがみから来たものであった。江口はこの年になって、女とのみにくい出合いをまた一つ加えたくはない。この家に来ていざとなって、そう思うのだった。しかし眠らされ通しで目覚めない娘のそばに一夜横たわろうとする老人ほどみにくいものがあろうか。江口はその老いのみにくさの極みをもとめて、この家に来たのではなかったか。

女は「安心出来るお客さま」と言ったが、この家に来るのはみな「安心出来るお客さま」のようだった。江口にこの家を教えたのもそういう老人だった。もう男でなくなってしまった老人だった。その老人は江口もすでにおなじ衰えにはいっていると思いこんだらしい。家の女はおそらくそういう老人たちばかりあつかいなれているから、江口にあわれみの目を向けることはしなかったし、さぐりの目色を見せることもなかった。しかし江口老人は道楽をつづけているおかげで、女の言う「安心出来るお客さま」ではまだないが、そうであることは自分で出来た。その時の自分の気持しだい、場所しだい、また相手によった。これにはもはや老いのみにくさが迫り、この家の老人の客たちのようなみじめさも遠くないと思っている。ここへ来てみたのもそのしるしにほかならない。それだから江口はここでの老人たちのみにくい、あるいはあわれな禁制をやぶろうとはゆめゆめ考えてはいなかった。やぶるまいと思えば、やぶらないで通せる。秘密のくらぶとでもいうのだろうが、会員の老人はすくないらしく、江口はくらぶの罪をあばきにも、くらぶのしきたりをみだしにも来たのではなかった。好奇心もさほど強くはたらかないのは、すでに老いのなさけなさである。

「眠っているあいだに、いい夢を見たとおっしゃるお客さまもございますよ。若い時を思い出したとおっしゃるお客さまもございますよ。」と、さっきの女の言葉が浮かんで来ても、江口老人はにがい笑いも出ない顔で、机に片手をついて立ちあがると、隣室へ通じる杉戸をあけた。

「ああ。」

江口の声が出たのは、深紅《しんく》のびろうどのかあてんだった。ほの明りなのでその色はなお深く、そしてかあてんの前に薄い光りの層がある感じで、幻のなかに足を踏み入れたようだった。かあてんは部屋の四方に垂れめぐらせてあった。江口がはいった杉戸もかあてんにかくれるはずで、そこにかあてんのはしがしぼってあった。江口は戸に鍵をかけると、そのかあてんを引きながら、眠っている娘を見おろした。眠ったふりではなくて、たしかに深い寝息にちがいないと聞えた。思いがけなかった娘の美しさに、老人は息をつめた。思いがけないのは娘の美しさばかりではない。娘の若さもあった。こちら向きに左を下に横寝している顔しか出ていなくて、からだは見えないのだが、二十前ではないだろうか。江口老人の胸のなかに別の心臓が羽ばたくようだった。

娘は右の手首をかけぶとんから出していて、左手はふとんのなかで斜めにのばしているようだったが、その右の手を親指だけが半分ほど頰《ほお》の下にかくれる形で、寝顔にそうて枕の上におき、指先きは眠りのやわらかさで、こころもち内にまがり、しかし指のつけ根に愛らしいくぼみのあるのがわからなくなるほどにはまげていなかった。温い血の赤みが手の甲から指先きへゆくにつれて濃くなっていた。なめらかそうな白い手だった。

「眠ってるの？　起きないの？」江口老人はその手にさわるためかのように言ったが、掌《てのひら》のなかに握ってしまって、軽く振ってみたりした。娘が目をさまさないのはわかっている。手を握ったまま、いったいこれはどういう娘なんだろうと、江口はその顔を見た。眉《まゆ》も化粧荒れはしていないし、閉じ合わせたまつげもそろっていた。娘の髪の匂いがした。

しばらくして波の音が高く聞えたのは、江口が娘に心を奪われていたからである。しかし思いきって着がえをした。部屋の光りが上から来ていることにはじめて気づいて見あげると、天井に明取《あかりと》りが二つあいていて、そこの日本紙から電燈の光りがひろがっているのだった。深紅のびろうどの色にはこんな光りがいいのか、またびろうどの色に映《は》えて娘の肌を幻のように美しく見せるのかと、心のゆとりのない江口はゆとりありげに考えてみたが、娘の顔色にびろうどの色がうつっているほどではなかった。目はこの部屋の明りになれて来て、いつも暗くして寝なれた江口には明る過ぎるが、天井の明りは消せないらしかった。いい羽根ぶとんであることも見てわかった。

江口は目をさますはずのない娘の目をさますのをおそれて、静かにはいった。娘はなにひとつ身につけていないようだった。しかも娘は老人のはいってきたけはいに胸をすくめるとか、腰をちぢめるとかのけぶりもなかった。よく眠っているにしても、若い女にはさとい反射が起きそうなものだが、世の常の眠りではないのだろうと、江口はかえって娘の肌にふれることをさけるように身をのばした。娘は膝《ひざ》がしらを少し前へ折り出しているので、江口のあしは窮屈《きゅうくつ》だった。左下に寝た娘は右膝を左膝の上に前へ重ねるという、守る姿ではなく、右膝をうしろにひらいて、右あしはのばしきっているらしいのが、江口は見ないでもわかった。左寝の肩の角度と腰の角度とは胴の傾きでちがって来ているようである。娘の身のたけはそう長くないらしかった。

さきほど江口老人が握って振ってみた、娘の手のさきにも眠りは深くて、江口が放したままの形でそこに落ちていた。老人が自分の枕をひくと、娘の手はその枕のはしからまた落ちた。江口は枕に片肘《かたひじ》突いて娘の手をながめながら、「まるで生きているようだ。」とつぶやいた。生きていることはもとより疑いもなく、それはいかにも愛らしいという意味のつぶやきだったのだが、口に出してしまってから、その言葉が気味悪いひびきを残した。なにもわからなく眠らせられた娘はいのちの時間を停止してはいないまでも喪失《そうしつ》して、底のない底に沈められているのではないか。生きた人形などというものはないから、生きた人形になっているのではないが、もう男でなくなった老人に恥ずかしい思いをさせないための、生きたおもちゃにつくられている。いや、おもちゃではなく、そういう老人たちにとっては、いのちそのものなのかもしれない。こんなのが安心して触れられるいのちなのかもしれない。江口の老眼には目近の娘の手がなおやわらいで美しかった。触れるとなめらかだが、そのこまかいきめは見えない。

指先きへゆくにつれて濃くなる温い血の赤みとおなじ色の娘の耳たぶにあるのが、老人の目についた。耳は髪のあいだからのぞいていた。耳たぶの赤みも娘のみずみずしさを老人の胸に刺すほど訴えた。江口はものずきにそそられて、この秘密の家にはじめて迷い着いたのだけれども、もっと老い衰えた年よりどもは、もっと強いよろこびとかなしみとでこの家に通うのだろうかと思われた。娘の髪は自然のまま長かった。老人たちがまさぐるためにのばしてあるのかもしれない。江口は枕に首をつけながら、娘の髪をかきあげて耳を出した。耳のうしろの髪の蔭《かげ》が白かった。首も肩もういういしい。女の円《まる》いふくらみがついていない。老人は目をそらせて部屋のなかを見まわした。自分の脱いだものがみだれ箱にあるだけで、娘の脱いだものはどこにも見あたらなかった。さきほどの女が持ち去ったのかもしれないが、もしかすると娘はなにもつけなくてこの部屋へはいって来たのかもしれないと思うと、江口はぎょっとした。娘がすっかりながめられる。いまさらぎょっとすることはなく、娘はそのためにも眠らせられているとわかるのだが、江口は娘のあらわな肩をふとんにおおいかくして、目をつぶった。娘の匂いがただよううちに、ふっと赤んぼの匂いが鼻に来た。乳呑児《ちのみご》のあの乳くさい匂いである。娘の匂いよりもあまく濃い。

「まさかね……。」この娘が子を産んでいて、乳が張って来て、乳首から乳がにじみ出ているはずはあるまい。江口は娘の額や頬、そしてあごから首の娘らしい線を改めるように見た。それだけでもわかっているのに、肩をかくしたものを少し持ちあげてのぞいた。乳をのませた形でないのは明らかだ。そっと指先でふれても濡《ぬ》れてなぞいない。また、この娘がもし二十前だとして、まだ乳くさいという形容があたらなくはないにしても、もはやからだに赤んぼのような乳くさい匂いのあるはずはなかった。じじつ女らしい匂いがしているだけである。しかし江口老人は今の今、乳呑児の匂いをかいだことはたしかだ。つかの間の幻覚であったのか。なぜそんな幻覚があったのかといぶかってもわからないが、自分の心のふとしたうつろのすきまから、乳呑児の匂いが浮かび出たのだろう。そう思ううちに、江口はかなしさを含んださびしさに落ちこんだ。かなしさとかさびしさとかいうよりも、老年の凍りつくようななさけなさであった。そしてそれは、若いあたたかみを匂い寄せている娘にたいする、あわれみといとしさに移り変った。急に寒い罪の思いをまぎらわせたのかもしれないが、老人は娘のからだに音楽が鳴っていると感じた。音楽は愛に満ちたものだった。江口は逃げ出したいようでもあって、四方の壁を見まわしたが、びろうどのかあてんに包まれて、出口というものはまったくないようだった。天井から光りを受けた深紅のびろうどはやわらかいのに、そよとも動いていなかった。眠らせられた娘と老人とをとじこめている。

「起きないの？　起きないの？」と、江口は娘の肩をつかんでゆすぶり、さらに頭を持ちあげて、「起きないの？　起きないの？」

江口のうちに突きあげて来た、娘への感情がそうさせたのだった。娘が眠っていること、口をきかないこと、老人の顔や声さえ知らないこと、つまりこうしていることも、こうしている相手の江口という人間も、娘にはまったくわからないのが、老人には忍べなくなった、ひと時が思いがけなく来たわけだ。自分の存在がみじんも娘に通じない。しかし娘は目をさますはずはなく、老人の手に眠った首の重さだったが、かすかに眉をひそめるようにしたのは、たしかに娘の生きた答えと受け取れた。江口は手を静かにとめた。

これくらいのゆり起こし方で娘が目をさましては、江口老人にここを紹介した木賀老人が、「秘仏と寝るようだ。」などという、この家の秘密はなくなってしまうわけだ。決して目ざめぬ女こそが、「安心の出来るお客さま」の老人どもにとって、安心の出来る誘惑で、冒険で、逸楽《いつらく》なのにちがいない。木賀老人などは、眠らせられた女のそばにいる時だけが、自分で生き生きしていられると、江口に言っていた。木賀は江口の家をたずねて来た時、座敷から庭の秋枯れた苔《こけ》に落ちている赤いものを見て、

「なんだろう。」と、さっそく拾いにおりた。青木の赤い実だった。いくつもぽつぽつ落ちている。木賀は一つだけつまんで来て、それを指のあいだにいじくりながら、この秘密の家の話をしたものだった。老いの絶望にたえられなくなると木賀はその家へ行くのだと言った。

「女という女に絶望してしまったのは、もう遠い昔のようなんだがね。君、眠り通して覚めぬ女をつくってくれたやつがあるんだ。」

眠りこんでいて、なんにも話さぬし、なんいも聞えぬ女は、もう男として女の相手にな

れぬ老人に、なんでも話しかけてくれ、なんでも聞き入れてくれるようなのだろうか。しかし江口老人はこんな女がはじめての経験である。娘はこんな老人をいくたびか経験しているのにちがいなかった。いっさいをまかせて、いっさいを知らぬ、仮死のような昏睡《こんすい》に、あどけない顔で横たわり、安らかな寝息である。ある老人は娘をくまなく愛撫《あいぶ》したかもしれないし、ある老人は自分をよよと号泣《ごうきゅう》したかもしれない。どちらにしろ娘に知られはしない。そう思ってみても、江口はまだなにも出来なかった。娘の首の下から手を抜くのにさえ、こわれものをあつかうようにそっとしながら、娘を手荒く起こしてみたい気もちはしずまりきらなかった。

　江口老人の手が娘の首の下からはなれると、娘は顔をゆるやかにまわし肩もそれにしたがって動き、上向きに寝直った。娘が目をさますのかと、江口は身をひいていた。上に向いた娘の鼻や脣が天井からの明りを受けて若く光った。娘は左手を持ちあげて口のところへ持っていった。その人差指をくわえそうに見えて、そういう寝癖《ねぐせ》があるのかと思えたが、軽く脣にあてただけだった。しかし脣がゆるんで歯がのぞいた。鼻で息をしていたのが、口で息をすることに変って、その呼吸は少し早くなったようだ。娘が苦しいのかと江口は思った。そうでもなさそうで、娘の脣がゆるんだために頬は微笑が浮かぶかと見えた。高い崖を打つ波の音がまた江口の耳に近づいた。波のひいてゆく音では、その崖の下に大きい岩があるらしかった。岩かげにおくれた海水があとを追ってゆくらしかった。娘の鼻でしていた息よりも、口でする息は匂いがあった。しかし乳臭くはない。どうして乳の匂いがふっとしたのか老人はふしぎだと考えていると、この娘にやはり女を感じた匂いかと思えた。

江口老人には、今も乳呑児の匂いのする孫がある。その孫の姿が浮かんで来た。三人の娘たちはそれぞれかたづいて、それぞれ孫を産んでいるが、孫たちの乳臭かった時ばかりではなく、乳呑児だった娘たちを抱いたことも忘れていはしない。それらの肉親の赤んぼの乳臭い匂いが、江口自身を責めるように、ふっとよみがえって来たのだろうか。いや、眠った娘をあわれむ江口の心の匂いであろう。江口は自分も上向きになって娘のどこにもふれぬようにして目をつぶった。枕もとにある眠り薬を飲んだ方がいい。娘が飲まされているものほど強くはないにきまっている。娘より早く目がさめるのにちがいない。そうでなければこの家の秘密も魅惑《みわく》もくずれてしまう。江口は枕もとの紙包みをひらくと、白い錠剤《じょうざい》が二つはいっていた。その一個を飲めば、夢うつつに酔い、二個を飲めば、死の眠りに落ちてしまう。そんなことがあればいいじゃないかと、江口は錠剤をながめているうちに、乳についてのいやな思い出と狂わしい思い出とが浮かんで来た。

「乳臭いわ。お乳の匂いがするわ。赤ちゃんの匂いだわ。」江口の脱いだ上着をたたみかけていた女は、血相変えて江口をにらみつけたものだった。「お宅の赤ちゃんでしょう。あなた、うちを出がけに、赤ちゃんを抱いてらしたんでしょう。そうでしょう。」

女は手をぶるぶるふるわせると、「ああ、いやだ、いやだ。」と立ちあがって、江口の洋服を投げつけた。「いやだわよ。出しなに赤ちゃんを抱いて来たりして。」その声もすさまじかったが、目顔はさらに恐ろしかった。女はなじみの芸者である。江口に妻のあることも子のあることも、万々承知していながら、乳呑児の移り香が女のはげしい嫌悪《けんお》となり、嫉妬《しっと》を燃やしたのだ。江口とその芸者とのなかは、それから気まずくなってしまった。

芸者がきらった匂いは、江口の末っ子の乳呑児の移り香だったが、江口は結婚の前にも愛人があった。娘の親の目がきびしくなって、たまの忍びあいははげしかった。ある時、江口が顔をはなすと、乳首のまわりが薄い血にぬれていた。江口はおどろいて、しかしなにげなく、こんどはやわらかに顔を寄せると、それをのみこんでしまった。うつつない娘は、そんなことをまったく知らないでいた。もの狂わしさを通り過ごした後でのことで、江口が話しても、娘はいたくなかったようである。

二つの思い出が今浮かんで来るのもふしぎなほど、それはもう年月の向うに遠い。そんな思い出がひそんでいるから、ここに眠る娘にふと乳臭い匂いを感じることなどありそうにはない。それはもう年月の向うに遠いとは言っても、しかし考えてみると、人間のおぼえや思い出はそのことの古い新しいでほんとうの遠い近いはきめられぬかもしれないだろう。昨日のことよりも六十年前の幼い日のことを、あざやかに、なまなましく、おぼえていて思い出すことはあるだろう。老いては殊《こと》にそうではないのか。また幼い日のことの方がその人の性格をつくり、一生をみちびく場合があるのではないか。つまらないことかもしれないが、女のからだのほとんどどこからでも男のくちびるは血をだきせることが出来るとはじめて教えたのは、乳首のまわりを血にぬらせたその娘であって、その娘のあとにはかえって江口は女の血をにじませるまでは避けたけれども、その娘から男の一生を強めるおくりものをされた思いは、満で六十七の今も消えていない。

もっとつまらないことかもしれないが、江口は若い時に、ある大きい会社の重役の夫人、中年の夫人、賢夫人といううわさの夫人、そして社交の広い夫人から、

「わたしは夜眠る前に目をつぶって、接吻《せっぷん》してもいやでないと思える男の人を数えてみるのよ。指を折って数えてみるのよ。楽しいわ。十人より少くなると、さびしいわ。」と言われたことがあった。その時、夫人は江口とワルツを踊っていた。夫人がとつぜんそんな告白をしたのは、接吻してもいやでない一人と江口を感じたのかと聞き取ると、若い江口は夫人の手を取っていた指をふとゆるめた。

「ただ数えてみるだけのことですから……。」と夫人はさりげなく言い捨てて、「お若い江

口さんには寝つきがさびしいなんていうことはないでしょうし、もしあったら奥さんを引き寄せればすむことでしょうけれど、たまにはやってごらんなさい。わたしにはいいお薬になる時があるのよ。」むしろ乾いた夫人の声なので、江口はなにも答えなかった。夫人はただ「数えてみる」と言っただけだけれども、数えながら、男の顔やからだを思い描くのだろうと疑われ、十人を数えるのにかなりの時間をかけ、妄想《もうそう》も動くのだろうと、江口は女盛りをやや過ぎた夫人の媚薬《びやく》じみた香水の匂いがにわかに強く鼻に来たものだった。夫人が眠る前に、接吻してもいやでない男として、江口をどのように思い描こうと、それはまったく夫人の秘密の自由で、江口にはかかわりもないし、ふせぎようもないし、苦情のつけようもないが、自分の知らぬまに自分が中年女の心にもてあそばれているようで、きたなく感じたものだった。しかし夫人の言葉は今も忘れていない。夫人は若い江口をそれとなくそそってみるか、いたずらにからかってみるために、つくりごとを言ったのかと、後で疑わないではなかったが、それからもっと後には、夫人の言葉だけが残った。今はとうにその夫人は死に去っている。そして江口老人は夫人の言葉を疑わない。あの賢夫人は生きているあいだになん百人の男との接吻を妄想して死んで行ったのだろうか。

江口も老いの近づくにつれて、寝つきの悪い夜には、たまに夫人の言葉を思い出して、女の数を指折りかぞえることもあったが、接吻してもいやでないなどというなまやさしさにはとどまらないで、まじわりのあった女たちの思い出をたどることになりがちだった。今夜も眠った娘から誘われた幻覚の乳の匂いで、むかしの愛人が浮かんで来た。あるいはそのむかしの愛人の乳首の血が、この娘にありもしない匂いをふとかがせたのかもしれないし、深い眠りからさめない美女をまさぐりながら、返らぬむかしの女たちの思い出にふけるのは老人のあわれなぐさめかもしれないのだが、江口はむしろさびしいようにあたたかい心静かさだった。娘の乳が濡れていないかそっとふれただけで、そのあとは、江口よりおくれて娘が目ざめた時に、乳首に血のにじんでいるのにおどろかせてやろうなどというもの狂わしさはわきおこらなかった。娘の乳首の形は美しいようである。しかし老人は人間の女の乳房の形だけがあらゆる動物のうちで、長い歴史を経るうちに、なぜ美しい形になってきたのだろうかと、あらぬことを考えたりした。女の乳房を美しくして来たことは、人間の歴史のかがやかしい栄光ではないのだろうか。

女の脣もそうかもしれない。江口老人は寝化粧をする女や眠る前に化粧を落す女を思い出したが、口紅をぬぐい取ると脣の色がさめてしまったり、衰えた濁《にご》りをあらわしてしまったりした女もあったものだ。今そばに眠っている娘の顔は天井からのやわらかい光りと四方のびろうどの映えとで、薄化粧をしているのかどうかもさだかでないが、まつ毛をそらせるほどのこともしていないのはたしかだった。脣も脣からのぞく歯もういういしく光っている。口に香料をふくんでおくような技巧などあるはずはなくて、若い女が口でする息の匂いがしている。色の濃くて広い盛んな乳かさを江口は好まないが、肩をかくしたものをそっと持ちあげてみたところでは、まだ小さい桃色であるらしかった。娘は上向きになっているので、それに胸をあてて接吻することもできる。接吻してもいやでない女どころではない。江口ほどの老年がこのように若い娘にそうできるのなら、いかなるつぐないを払ってもよいし、いっさいを賭《か》けてもよいと、この家に来る老人たちが歓喜におぼれただろうとも江口には思われた。老人のうちにはむさぼった者もありそうで、そのさまが江口の頭に浮かんで来ないでもない。しかし娘は眠っていてなにごとも知らないので、娘の顔かたちはここに見る通り、よごれもくずれもしないのだろうか。この悪魔じみたみにくい遊びに江口が落ちこまないのは、娘が美しく眠りきっているからであった。そういう江口のほかの老人たちとのちがいは、江口がまだ男としてふるまえるものを残しているからであろうか。ほかの老人たちのためには娘は底なく眠り通していなければならないのだ。江口老人は軽くではあるがすでに二度娘を起こそうとした。もしまちがって娘が目をさましてくれたら、老人はなにをするつもりだったか自分にもわからないけれども、娘にたいする愛情からだろう。いや、老人自身のむなしさとおそれからかもしれなかった。

「眠るかな。」老人はつぶやかなくてもいいことをつぶやいたと気がついてつけ加えた。「永遠の眠りというのじゃないさ。この娘だって、おれだって……。」日毎《ひごと》の夜がそうであるように、この変った夜もまた、明日の朝は生きて目ざめるものとして目をつぶった。人差指を唇にあてた娘の曲げた肱《ひじ》がじゃまになった。江口は娘の手首をにぎって脇腹《わきばら》にのばした。ちょうど娘の手首の脈がふれたので、そのまま人差指と中指とで娘の脈をおさえていた。脈は愛らしく、そして規則正しく打っていた。安らかな寝息は、江口のそれよりもややゆっくりしていた。風が間《ま》をおいて屋根の上を通ったが、さっきほど冬の近づく音とは聞えなかった。崖を打つ波の音はなお高く聞えるのにやわらいで、その音の名残りは娘のからだに鳴る音楽として海からのぼって来るようで、それには娘の手首の脈につづく胸の鼓動も加わっていそうだった。老人の目ぶたの裏を、音楽に合わせて真白い蝶《ちょう》が舞い飛んだ。江口は娘の脈をはなした。これで娘のどこにもふれていない。娘の口の匂い、からだの匂い、髪の匂いは、強い方ではなかった。

江口老人は乳首のまわりが血にぬれたことのあった愛人と、北陸路をまわって京都へかけおちした幾日かが思い出されて来た。今ごろこんなにありありと思い出せるのは、ういういしい娘のからだのあたたかみがほのかに伝わっているからかもしれなかった。北陸から京都へ行く鉄道には小さいトンネルが多かった。汽車がトンネルにはいるたびに娘はおそれが目ざめるのか、江口に膝を寄せて手を握った。小さいトンネルを出ると、小さい山か小さい入海に虹《にじ》がかかっていた。

「まあ可愛《かわい》い。」とか、「まあ、きれい。」とか小さい虹にいちいち声をあげていた娘も、トンネルを出るたびと言っていいほど、右か左を目でさがすと虹が見つかるので、そしてあるかないほど虹の色があわかったりするので、ふしぎなほど多い虹を不吉のしるしと思うようになった。

「あたしたち、追っかけられているんじゃないの？　京都へ行ったらつかまりそうだわ。つれもどされてしまうと、こんどはうちから出してもらえないわ。」大学を出て職についたばかりの江口は京都で暮してゆけそうにないので、心中でもしないかぎり、いずれは東京に帰らねばならないとわかっていたが、小さい虹を見ることから、娘のきれいなひそかなところが目に浮かんで来て追い払えなかった。それを江口は金沢の川ぞいの宿で見た。粉雪の降る夜だった。若い江口はきれいさに息をのみ涙が出るほど打たれたものだった。その後の幾十年の女たちにそのようなきれいさを見たことはなくて、いっそうきれいさがわかり、ひそかなところのきれいさがその娘の心のきれいさと思われるようになって、「そんなばかなことが。」と笑おうとしても、あこがれの流れる真実となって、老年の今なお動かせない強い思い出だ。京都で娘の家からよこした者につれもどされると、娘はまもなく嫁にやられてしまった。

ゆくりなく上野の不忍《しのばず》の池の岸で出合った時、娘は赤ん坊を負ぶって歩いていた。赤ん坊は白い毛糸の帽子をかぶっていた。不忍の池の蓮《はす》が枯れていた季節だった。今夜、眠っている娘のそばで、江口の目ぶたの裏に白い蝶が舞ったりしたのも、その赤ん坊の白い帽子のせいかと思われたりする。

不忍の池の岸で会った時、「しあわせかい。」というような言葉しか江口は出なかった。「ええ、しあわせですわ。」と娘はとっさに答えた。そうとより答えようもあるまい。「なぜこんなところをひとりで、赤ん坊を負ぶって歩いてるの?」おかしな問いに、娘はだまって江口の顔を見た。

「男の子、女の子?」

「いやだわ、女の子よ。見てわからないの?」

「その赤ちゃん、僕の子じゃないのか。」

「まあ、ちがいますわ、ちがいますわ。」娘は目の色を怒らせて首を振った。

「そうか。もし僕の子だったら、今でなくていい、何十年先でもいい、あんたが言いたいと思う時に、僕にそう言ってくれよな。」

「ちがいますよ。ほんとうにちがいますよ。あなたを愛していたことは忘れないけれど、この子にまでそんな疑いをかけないでちょうだい、この子が迷惑するわ。」

「そうか。」江口は強《し》いて赤子の顔をのぞきこむようなことはしなかったが、長く女のうしろ姿を見送っていた。女はしばらく行ってから一度振りかえった。江口が見送っているのを知ると、にわかに足をいそがせて行った。それきり会わない。その女は今から十年あまりも前に死んだと江口は聞いた。六十七歳の江口には、縁者や知己の死もすでに多いけれども、その娘の思い出は若々しい。赤ん坊の白い帽子とひそかなところのきれいさと乳首の血とにしぼられて、今もあざやかである。そのきれいさがたぐいなかったのは、おそらく江口のほかに知る者はこの世になく、江口老人の遠くはない死によって、この世からまったく消え去ってしまうのを思ってみる。娘ははにかんだけれども素直に江口の目をゆるしたのは、娘のさがであったかもしれないが、娘はそのきれいさを自分では知らなかったにちがいないだろう。娘には見えないのだ。

京都に着いた江口とその娘とは朝早く竹林の道を歩いた。竹の葉は朝日を受けて銀色にかがやきそよいでいた。老年になって思い出すと、竹の葉は薄くやわらかい、まったくの銀の葉で、竹の幹も銀づくりであったようである。竹林の片側のあぜには、あざみと露草とが咲いていた。季節としてまちがっていそうなのに、そういう道が浮かんで来る。竹林の道を過ぎて、清い流れをさかのぼってゆくと、滝がとうとうと落ちていて、日の光りにきらめくしぶきをあげ、しぶきのなかに裸身の娘が立っている。そんなことはありはしなかったのだが、江口老人にはいつからかあったものと思われる。年取ってからは京都あたりの小山のやさしい赤松の幹の群れを見て、その娘の心おぼえがよみがえる時もある。しかし今夜のようにあざやかに思い出すことはめったにない。眠った娘の若さの誘いなのであろうか。

江口老人は目がさえて寝つけそうになくなった。小さい虹をながめた娘のほかの女を思い出したくもなかった。眠っている娘にふれたり、あらわにくまなく見たりもしたくなかった。腹ばいになって、また枕もとの紙包みをひらいた。この家の女は眠り薬だと言ったけれども、どんな薬なのか、娘が飲まされたのとおなじものなのか、江口はためらって一錠だけを口に入れると、水を多くして飲んだ。寝酒をつかうことはあっても、眠り薬はふだん用いないせいか、早く眠りにひきこまれた。そして老人は夢を見た。女にだきつかれているのだが、その女にはあしが四本あって、四本のあしでからみついていた。腕は別にあった。江口は薄ぼんやり目ざめたけれども、四本のあしをあやしいと思いながら不気味とは思わないで、二本よりもはるかに強いまどわしが身に残っていた。こんな夢を見させる薬かなとぼんやり考えた。娘はうしろ向きに寝返っていて、腰をこちらに押しつけていた。江口はそこよりも頭を向うへはなしてしまっていることにあわれみをおぼえるようで、夢うつつのあまさのうちに、娘の長い髪のひろがったのを梳《す》くように指を入れながら寝入ってしまった。

そうして二度目の夢はなんともいやなものだった。病室の産室で江口の娘が畸形児《きけいじ》を産んだ。どんな風に畸形であったか、目がさめた老人はよくおぼえていない。おぼえていないのは、おぼえていたくないためだったろう。とにかくひどい畸形だった。産児はすぐ産婦からかくされた。しかし産室のなかの白いかあてんのかげで、しかも産婦が立って来て、産児を切りきざんでいた。捨てるためにである。江口の友人の医者が白衣でそばに立っていた。江口も立って見ていた。そこでうなされるように、こんどははっきりと目がさめた。四方をかこむ深紅のびろうどのかあてんにぎょっとした。顔を両手でおさえて額《ひたい》をもんだ。なんという悪夢だ。この家の眠り薬に魔がひそんでいるわけではないだろう。畸形の逸楽をもとめて来て、畸形の逸楽《いつらく》の夢を見たりしたせいだろうか。江口老人の三人の娘のうちで、夢に見たのはどの娘かわからなかったが、どの娘だったかと考えようともしなかった。三人とも五体満足な子を産んでいる。

江口はここから起き出て帰れるものならそうしたかった。しかしもっと深く眠りこんでしまうために、枕もとに残ったもう一錠の眠り薬を飲んだ。冷めたい水が食道を通った。眠った娘はさっきと変らないで背を向けていた。この娘もどんなにおろかな子や、どんなにみにくい子を、やがては産まないともかぎらないのだと思うと、江口老人は娘のぷっく

りした肩に手をかけて、

「こっちを向いてくれよ。」娘は聞えたように向き直った。思いがけなく片手を江口の胸にのせ、寒さにふるえるかのようにあしを寄せた。このあたたかい娘が寒いはずはなかった。娘は口からか鼻からかわからぬ、小さい声を出した。

「君も悪い夢を見ているのじゃないの?」

しかし江口老人が眠りの底に沈んでゆくのは早かった。

その二

江口老人は二度とふたたび「眠れる美女」の家へ来ることがあろうとは思わなかった。少くとも、前にはじめて来て泊った時には、また来てみようとは考えていなかった。朝になって起きて帰る時にもそうであった。

その家へ今夜行ってもいいかと、江口が電話をかけたのは、あれから半月ほどのちだった。向うの声はあの四十半ばの女らしいが、電話ではなおひっそりした場所から冷めたくささやかれるように聞えた。

「今からお越し下さいますとおっしゃいますと、こちらへなん時ごろお着きなさいますでしょうか。」

「そうね、九時少し過ぎだろう。」

「そんなにお早いのは困ります。お相手が来ておりませんし、来ておりましてもまだ眠っておりませんから……。」

「…………。」老人がはっとしているうちに、

「十一時までには眠らせておきますから、そのころどうぞ、お待ちしております。」女のものいいはゆっくりしているのに、老人の胸は逆に早まって、「じゃ、そのころ。」と声が乾いた。

女の子が起きていたっていいじゃないか、眠る前に会わせてもらいたいものだねと、江口はそう本気でなくとも、半ばはからかいにでも、それぐらいのことは言えそうなものなのに、のどの奥につかえて出なかった。あの家の秘密のおきてに突きあたったのであった。あやしいおきてであるだけにきびしく守られねばならない。このおきてが一度でもやぶられたら、ありふれた娼家《しょうか》になってしまうのだ。老人どものあわれなねがいも、まどわしの夢も消えてしまうわけだ。午後九時では早過ぎて娘が眠っていない、十一時までに眠らせておくと、電話で言われた時、江口の胸がとつぜん熱い魅惑にふるえたのは、自分でもまったく思いがけぬことであった。常日ごろの現実の人生のそとへ不意に誘われるおどろきというようなものであろうか。それは娘が眠っていて決して目ざめないからのものだ。

二度とは来ないだろうと思った家へ半月ほどのちに行くことになったのは、江口老人にとって早過ぎるのか、おそ過ぎるのか、とにかく強いて誘惑をおさえつづけたのではなかった。むしろ老いのみにくいたわむれをくりかえす気はなかったし、このような家をもと

める老人たちほどに江口は老い衰えてはいないのだった。しかしこの家で初めてのあの夜がみにくい思いを残したのではなかった。罪であったのは明らかにしても、江口の六十七年の過去で、女とあのように清らかな夜を過ごしたことはないと感じたほどだった。朝目をさましてからもそうだった。眠り薬がきいていたらしく、目ざめはふだんよりもおそい八時だった。老人のからだは娘のどこにもふれていなかった。娘の若いあたたかみとやさしい匂いのなかに、幼いようにあまい目ざめであった。

娘はこちらを向いてくれて寝ていた。こころもち頭を前に出して胸をひいているので、ういういしく長めな首のあごのかげにあるかないかの筋が出来ていた。長い髪は枕のうしろまでひろがっていた。きれいに合わせた娘の脣から江口老人は目をそらせて、娘のまつ毛と眉をながめながら、きむすめであろうと信じると疑わなかった。江口の老眼には、娘のまつ毛も眉もひとすじひとすじは見えない近さにあった。うぶ毛も老眼には見えない娘の肌はやわらかく光っていた。顔から首にかけてほくろ一つなかった。老人は夜半の悪夢なども忘れて、娘が可愛くてしかたがないようになると、自分がこの娘から可愛がられているような幼ささえ心に流れた。娘の胸をさぐって、そっと掌のなかにいれた。それは江口をみごもる前の江口の母の乳房であるかのような、ふしぎな触感がひらめいた。老人は手をひっこめたが、その触感は腕から肩までつらぬいた。

隣りの部屋の襖のあく音がした。

「お目ざめでございますか。」と家の女が呼んだ。「朝御飯の御支度が出来ておりますけれど……。」

「ああ。」江口は釣られて答えた。雨戸のすきまからもれる朝日がびろうどのかあてんに明るくさしていた。しかし部屋は天井からのほの明りに朝の光りが加わってはいなかった。

「御支度をしてよろしいですね。」と女がうながした。

「ああ。」

江口は片肱を立てて抜け出しながら、片方の手で娘の髪を軽くなでた。

娘が目をさまさないうちに客を起こすのだと、老人はわかっていたが、女は落ちついて朝飯の給仕をした。娘はいつまで眠らされているのだろう。しかしよけいなことを聞いてはならないと、江口はさりげなく、

「可愛い子だね。」

「はい。いい夢をごらんなさいましたか。」

「いい夢を見せてもらった。」

「風も波も今朝はおさまりまして、小春日和《こはるびより》といいますのでしょう。」と女は話をそらせてしまった。

そして半月ほど後にふたたびこの家へ来る江口老人は、はじめて来た時の好奇心よりは、うしろめたいもの、恥ずかしいもの、しかし心そそられるものが強まっている。九時を十一時まで待たされたあせりが、さらにまどわしの誘いとなっている。

門の鍵をあけて迎え入れてくれたのは、この前の女だった。床にも同じ複製の絵をかけたままだ。煎茶の味も前の通りによかった。江口ははじめての夜よりもときめいているのだが、なじみの客らしく坐《すわ》っている。紅葉した山里の絵を振り向いて見て、

「ここらは暖いから、もみじの葉がきれいに赤くならないで縮かんでしまうんだね。庭が暗くてよくわからなかったが……。」などとあらぬことを言った。

「そうでしょうか。」と女は気のない答えで、「お寒くなりましたですね。電気毛布を入れてございますが、ダブル用で、スイッチが二ついておりますから、お客さまはお客さまのお好きな温かさに合わせていただきます。」

「電気毛布なぞ使ったことがないね。」

「おいやでしたら、お客さまの方のは消していただいてよろしいんですけれど、女の子の方のはつけておいてやっていただかないと……。」なにも身につけていないからというのも老人にわかった。

「一枚の毛布で、二人が好き好きの温度に出来るというのは、おもしろいしかけだね。」

「アメリカのものですから……。でも、意地悪をなさって、女の子の方のスイッチを切ったりなさらないで下さいませ。いくら冷めたくなっても目がさめないことは、おわかりでいらっしゃいましょう。」

「………。」

「今夜の子はこの前の子よりなれておりますわ。」

「えっ？」

「これもきれいな娘です。悪いことはなさらないんですから、それはもうきれいな娘でございませんと……。」

「この前の子とちがうのか。」

「はい、今晩の子は……。ちがった子もよろしいじゃございませんか。」

「僕はそんな浮気じゃないね。」

「浮気……？　浮気っておっしゃるようなこと、なにもなさらないじゃございませんか。」

女のゆるやかなものいいはあなどりの薄笑いをふくんでいるようだった。「ここのお客さまはどなたもなさいませんわ。安心の出来るお客さまばかりにいらしていただいております。」薄い脣の女は老人の顔を見ない。江口ははずかしめにふるえそうだが、なんと言っていいかわからない。相手は血の冷えた、そしてものなれた、やりてばばあに過ぎないではないか。

「それに、浮気とお思いになりましても、女の子は眠っていて、どなたとおやすみしたか、わからないんでございますよ。この前の子も今夜の子も、だんなさまのことはまるで知らないで通すんですから、浮気っていうのとは少うし……。」

「なるほどね。人間のつきあいじゃないね。」

「どうしてでございますか。」

もう男でなくなってしまった老人が眠らせられている若い娘とつきあうのは、「人間のつきあい」ではないなど、この家へあがってしまってから言ってみたところでおかしい。

「浮気なさってもよろしいじゃございませんか。」と女は妙に若い声で老人をやわらげるように笑った。「前の子がそれほどお気にめしたのでしたら、こんどおこし下さる時に眠らせておきますけれど、今夜の子の方がいいと後でおっしゃいますよ。」

「そう？　なれているって、どんな風になれているの？　眠りっきりでさ。」

「さあ……。」

女は立って、隣室の戸の鍵をあけると、なかをのぞいてみてから、その鍵を江口老人の前においいて、「どうぞ、おやすみなさいませ。」

ひとり残された江口は鉄瓶の湯を急須《きゅうす》にそそいで、ゆっくり煎茶を飲んだ。ゆっくりのつもりなのだが、その茶碗《ちゃわん》はふるえた。年のせいじゃない、ふん、おれはまだ必ずしも安心出来るお客さまじゃないぞと、自分につぶやいた。この家に来て侮蔑《ぶべつ》され屈辱を受けている老人どもに代って復讐《ふくしゅう》してやるために、この家の禁制をやぶってやったらどうだろう。その方が娘にとってもよほど人間らしいつきあいではないのだろうか。娘がどれほどに強い眠り薬をのませられているかわからぬが、それを目ざめさせる男のあらくれはまだ自分にあるだろう。などと思ってみてもしかし江口老人の心はそうきおい立たなかった。

この家をもとめて来るあわれな老人どものみにくいおとろえが、やがてもう江口にも幾年先きかに迫っている。計り知れぬ性の広さ、底知れぬ性の深みに、江口は六十七年の過去にはたしてどれほど触れたというのだろう。しかも老人どものまわりには女の新しいはだ、若いはだ、美しい娘たちが限りなく生まれてくる。あわれな老人どもの見はてぬ夢のあこがれ、つかめないで失った日々の悔いが、この秘密の家の罪にこもっているのではないか。眠り通して目ざめぬ娘こそは、老人どもに年のない自由であろうとは、江口は前にも思ったことであった。眠ってもの言わぬ娘は老人どもの好むままに話しかけるのだろう。

江口は立って隣室の戸をあけると、そこでもうあたたかい匂いにあたった。ほほえんだ。なにをくよくよしていたのか。娘は両方の手先きを出してふとんにのせていた。爪《つめ》を桃色に染めていた。口紅が濃かった。娘はあおむいていた。

「なれているのかな。」と江口はつぶやいて近づくと、頰紅《ほおべに》だけではなく、毛布のぬくみで顔に血の色がのぼっていた。匂いがこかった。上まぶたがふくらみ、頰もゆたかだった。びろうどのかあてんの紅の色がうつるほど首は白かった。目のつぶりようからして、若い妖婦《ようふ》が眠っていると見えた。江口が離れてうしろ向きになって着かえるあいだも、娘のあたたかいにおいがつつんで来た。部屋にこもっていた。

江口老人は前の娘にしたようにひかえめにしていられそうにはなかった。起きていようが眠っていようが、この娘はおのずから男を誘っていた。江口がこの家の禁制をやぶったところで、娘のせいだとしか思えないほどだ。江口はあとのよろこびをたのしむためかのように、目をつぶってじっとしていると、それだけでもうからだの底から若やいで来るあたたかさだった。今夜の子の方がいいと宿の女が言ったはずだが、よくもこのような娘をさがしあてて来たものだと、老人はこの宿がなおあやしいものに思えた。娘にふれるのがほんとうに惜しくて匂いのなかにうっとりしていた。江口は香水になどくわしくはないが、この娘そのものの匂いにちがいないようだった。このままあまい眠りにはいれば、こんなしあわせはなかった。そうしたくなったほどだ。もっとよりそってと老人は静かに身をちかづけた。娘はそれにこたえるのかしなやかにむきなおりながら手をなかにいれ、江口を抱くようにのばした。

「えっ、君、起きているの？　起きているのかい。」と江口は身をひいて、娘のあごをゆさぶった。あごをゆさぶるうちに江口老人の手先きに力が加わったのか、娘はそれをのがれるように枕へ顔を伏せてゆくと、脣のはしが少し開いて、江口の人差指の爪先《つまさ》きが娘の歯のひとつふたつにふれた。江口は指をひかないでじっとしていた。娘も脣を動かさなかった。娘はもちろん空寝しているわけでなく深い眠りに落ちている。

江口はこの前の娘と今夜の娘とちがうことが思いがけなくて、つい宿の女に文句を言ったものの、考えてみるまでもなく、このように薬で眠らせられる夜がつづいては、娘はからだをそこなわないではいぬだろう。江口らの老人どもが「浮気」をさせられるのは娘たちの健康のためとも思われる。しかしこの家は二階に一人しか客が取れないのではないか。下はどうなっているか江口はわからぬが、客に使う部屋があったとしても、せいぜい一間だろう。そのことからもここで老人のために眠る娘はそう多くいると思われぬ。その幾人かはみな、江口の第一夜の娘、今夜の娘、このようにそれぞれに美しさがある娘たちなのだろうか。

江口の指にふれた娘の歯は、指にほんの少しねばりつくものにぬれているようだった。老人の人差指は娘の歯ならびをさぐって、脣のあいだをたどっていった。二度三度行きつもどりつした。脣のそとがわのかわき気味だったのに、なかのしめりが出てきてなめらかになった。右の方に一本八重歯《やえば》があった。江口は親指を加えてその八重歯をつまんでみた。それから歯のおくに指を入れてみようとしたが、娘のうえしたの歯は眠りながらもかたく合わさっていてひらかなかった。江口は指をはなすと赤いにじみがついていた。その口紅をなにで拭《ふ》き取ったものか。枕おおいにこすっておけば娘がうつ向きになったあとということですみそうだが、こする前に指をなめないと取れそうにない。妙なもので、江口は赤い指先きが口をつけるにはきたなく感じられた。老人はその指を娘の前髪にこすりつけた。人差指と親指との先きを娘の髪で拭きつづけているうちに、江口老人の五本の指は娘の髪をまさぐり、髪のあいだに指を入れ、やがて髪をかきまわし、少しずつあらあらしくなった。娘の毛先きはぱちぱちと電気を放って老人の指に伝わった。髪の匂いが強くなって来た。電気毛布のぬくみのせいもあって、娘の匂いはしたからも強くなって来た。江口は娘の髪をさまざまにもてあそびながら、生えぎわ、ことに長い襟足《えりあし》の生えぎわが描いたようにあざやかできれいなのを見た。娘はうしろの髪を短くして、上向けに撫《な》でそろえていた。額のところどころで長い短いの毛を自然なような形に垂らしていた。その額の髪を、老人は持ちあげて、娘の眉やまつ毛をながめた。片方の手の指で娘の頭のはだにふれるまで深く髪をさぐった。

「やはり起きていないんだ。」と江口老人は言って、娘の頭のまんなかをつかんでゆすぶると、娘は眉を苦痛で動かすように見えて、からだをうつ伏せに半ば寝がえりした。それは老人の方へなお身を寄せることになった。娘は両腕を出して、右腕を枕において、その手の甲の上に右の頰をのせた。指だけが江口に見える、のせ方だった。まつ毛の下に小指があって、人差指が脣の下から出ているほどに、指は少しずつひらいていた。親指はあごの下にかくれていた。やや下向きの脣の紅と四つの長い爪の紅とが枕の白いおおいのひとところに集まった。娘の左腕も肘から曲げて、手の甲はほとんど江口の目の下にあった。ゆたかな頰のふくらみのわりに手の指は細い長さで、そのような脚の伸びまで思わせた。老人はあしのうらで娘の脚をさぐってみた。娘の左手の指も少しひらいて楽におかれていた。その娘の手の甲に江口老人は片頰をのせた。娘はその重みに肩まで動かせたが、手を引き抜く力はなかった。そのまま老人はしばらくじっとしていた。娘は両方の腕を出したために肩もやや持ちあがって、腕のつけ根に若い円みがふくらんでいた。江口は毛布を肩へ引きあげてやりながら、その円みをやわらかく手のひらに入れた。脣を手の甲から腕へ移していった。娘の肩の匂い、うなじの匂いが誘った。娘の肩や背の下まで縮まったが、すぐにゆるんで老人に吸いつくはただだった。

この家に来て侮蔑や屈辱を受けた老人どもの復讐を、江口は今、この眠らせられている女奴隷《どれい》の上に行うのだ。この家の禁制をやぶるのだ。二度とこの家に来られないのはわかっている。むしろ娘の目をさまさせるために江口はあらくあつかった。ところがしかし、たちまち、江口は明らかなきむすめのしるしにさえぎられた。

「あっ。」とさけんではなれた。息がみだれ動悸《どうき》が高まった。とっさにやめたことよりも、おどろきの方が大きいようだった。老人は目をつぶって自分をしずめた。若い男とちがってしずめるのはむずかしくなかった。江口は娘の髪をそっとなでやりながら目をひらいた。娘はうつ伏せのおなじ姿でいた。このいい年になって、娼婦のきむすめであることがなんだ、これだって娼婦にはちがいないじゃないか、と思ってみても、嵐の過ぎたあと、老人の娘にたいする感情、自分にたいする感情は変ってしまっていて、前にもどらなかった。惜しくはない。眠っていてわからぬ女になにをしたところでつまらぬことに過ぎない。しかしあのとつぜんのおどろきはなんであったのだろうか。

娘の妖婦じみた顔形にまどわされて、江口はあらぬふるまいにおよびかけたのだが、この家の客の老人どもは、江口の思っていたよりもはるかにあわれなよろこび、強い飢え、深いかなしみを持って来るのではないかと、新に考えられた。老後の気楽な遊び、手軽な若返りとしているにしても、その底にはもはや悔いてももどらぬもの、あがいても癒《いや》されぬものがひそんでいるのであろう。「なれている」という今夜の妖婦がきむすめのまま残されているのなども、老人どもの尊重や誓約が守られたよりも、凄惨《せいさん》な衰亡《すいぼう》のしるしにちがいなかった。娘の純潔がかえって老人どものみにくさのようである。

娘は右頬の下に敷いていた手がつかれでしびれて来たのか、頭の上にあげて二三度ゆっくり指を折ったりのばしたりした。髪をまさぐっている江口の手にふれた。その手を江口はつかまえた。やや冷めたくしなやかな指だった。老人は握りつぶしたいように力をこめた。娘は左肩をあげて半ば寝がえると、左腕を浮き泳がせて、江口の首を抱くように投げ出した。しかしその腕は力のないやわらかさのままで、江口の首に巻きついてくるというのではなかった。こちらに真向きの娘の寝顔があまりに近くて、江口の老眼には白くぼやけたが、眉も多過ぎ黒過ぎるかげをつくるまつ毛、目ぶたと頬のふくらみ、長めの首は、やはりはじめのひと目の印象の通りに妖婦であった。乳房はやや垂れているがじつに豊かで、日本の娘としては乳かさが大きくふくらんでいた。老人は娘の背骨にそうて脚までさぐってみた。腰から張りつめて伸びていた。からだの上と下との不調和なようなのはきむすめのせいかもしれなかった。

江口老人はもう心静かに娘の顔と首をながめていた。びろうどのかあてんの紅がほのかにうつるのにふさわしい肌だ。この家の女に「なれている」と言われるほど娘の身は老人どもにもてあそばれながらも、きむすめでいる。それは老人どもが衰えているからでもあるし、娘が深く眠らせられているからでもあるが、この妖婦じみた娘はこの後どのような一生の転変をたどってゆくのだろうかと、江口には親心に似た思いが湧《わ》いて来た。江口もすでに老いたしるしだ。娘はただ金がほしさで眠っているだけにちがいない。しかし金を払う老人どもにとっては、このような娘のそばに横たわることは、この世ならぬよろこびなのにちがいない。娘が決して目をさまさないために、年寄りの客は老衰の劣等感に恥じることがなく、女についての妄想《もうそう》や追憶も限りなく自由にゆるされることなのだろう。目をさましている女によりも高く払って惜しまぬのもそのためなのだろうか。眠らせられた娘がどんな老人であったかいっさい知らぬのも老人の心安さなのだろう。老人の方でも娘の暮らしの事情や人柄《ひとがら》などはなにもわからない。それらを感じる手がかりの、どんなものを着ているのかさえわからぬようになっている。老人どもにとってあとのわずらわしさがないという、そんななまやさしい理由だけではあるまい。深い闇《やみ》の底のあやしい明りであろう。

しかし江口老人はものを言わぬ娘、目をあけて見ない娘、つまり江口という人間をまったく認めてくれぬ娘とのつきあいにはなれていないし、むなしいもの足りなさを消せなかった。この妖婦じみた娘の目が見たい。声を聞いて話がしてみたい。眠ったままの娘を手さぐりするだけの誘いは江口にそう強くなくて、むしろなさけなさの思いがともなうのだった。でも江口は思いがけなくきむすめにおどろいて、禁制をやぶることをやめたのだから、老人どものしきたりにしたがうつもりになっていた。この前の娘よりも今夜の娘の方が眠りながらも生きていることはたしかだった。娘の匂いにも、手ざわりにも、身の動きにも、それはたしかだった。

枕もとにはこの前とおなじように、江口のための眠り薬が二錠おいてあった。しかし今夜は早くのんで眠らないで、もっと娘を見ていようかと思った。娘は眠っていてもよく動いた。一夜のうちに二十度も三十度も寝がえりをするのかもしれなかった。娘は向う向きになったが、すぐこちらへ向き直った。そして腕で江口をさぐった。江口は娘の片膝に手をかけてひきよせた。

「ううん、いや。」と娘は声にならぬ声で言ったようだった。

「起きたの。」老人は娘が目をさますかと、なお強く膝をひいた。娘の膝は力が抜けてこちらへ折れまがって来た。江口は娘の首の下に腕を入れて、少し持ちあげるようにゆさぶってみた。

「ああ、あたしどこへゆくの。」と娘は言った。

「目がさめたんだね。目をさませよ。」

「いや、いや。」と娘は江口の肩の方へ顔をすべらせて来た。ゆすぶられるのを避けるかのようであった。娘の額は老人の首にふれ、前髪は鼻を刺した。こわい毛であった。痛いほどだった。匂いにもむせて、江口は顔をそむけた。

「なにすんのさ。いやだわ。」と娘は言った。

「なにもしてやしないよ。」と老人は答えたが、娘のは寝ごとであった。江口の動きを娘は眠っていてなにか強く感じちがいしたのか、またはほかの夜の老人客の悪いいたずらを夢に見たのか。とにかく寝ごとのちぐはぐな切れ切れにしても、江口は娘と会話らしいもののできるのに心がときめいた。朝方には娘の目をさまさせることもできるかもしれない。しかし今は老人がただ話しかけたところで、おそらくは娘の寝耳にはいるかどうか。老人のことばよりもからだの刺戟《しげき》にたいしての方が娘はなにか寝ごとを言うのではないか。江口は娘をはげしくなぐってみるか、ひねってみるかとも考えたが、じりじりと抱きよせた。娘はさからいもしなかったし、声も立てなかった。娘の胸は息苦しいはずだった。娘のあまい息が老人の顔にかかった。そして息のみだれてくるのは老人の方だった。されるままになる娘がふたたび江口をさそった。きむすめでなくすれば、明日からこの娘をどんなかなしみが襲いかかるのだろう。この娘の生がどんな風に傾き変ってゆくのだろう。それがどんなであろうと、とにかく朝まで娘はいっさい気がつかないでいるだろう。

「お母さん。」と娘は低い叫びのように呼んだ。

「あれ、あれ、行ってしまうの？　ゆるして、ゆるして……。」

「なんの夢を見てるんだ。夢だよ、夢だよ。」と江口老人は娘の寝ごとになお強く抱きしめて、夢をさませてやろうとした。母を呼んだ娘の声にふくまれたかなしみが江口の胸にしみた。老人の胸には娘の乳房がひろがるほど押しつけられていた。娘は腕を動かせて来た。娘は夢のなかで江口を母とまちがえて抱こうとするのか。いや、眠らせられていながらも、きむすめでありながらも、まぎれもなく妖婦なのだ。江口老人はこのような若い妖婦にはだいっぱいにふれたことは、六十七年のあいだになかったようだ。なまめかしい神話があるとすれば、これは神話の娘であろう。

妖婦ではなくて、妖術をかけられている娘のようにも思われて来る。それで、「眠りながらも生きている」、つまり、心は深く眠らせられているのに、かえってからだは女として目ざめている。人の心はなくて、女のからだだけになっている。この家の女が「なれている」と言うほど、老人たちの相手によくならされているのだろうか。

江口は娘を強く抱いていた腕をゆるめてやわらかく抱き、娘のはだかの腕も改めて江口を抱く形におくと、娘はほんとうに江口をやさしく抱いた。老人はそのまま静かにしていた。目をつぶった。あたたかくうっとりして来た。ほとんど無心の恍惚《こうこつ》であった。この家へ来る老人どものたのしみ、しあわせの思いもさとれたようだ。老人ども自身にとっては、老いのあわれさ、みにくさ、あさましさばかりが、ここにあるのではなく、若い生のめぐみに満ちているのではないか。まったく老い果てた男には若い娘のはだいっぱいにつつまれるほどわれを忘れる時はないだろう。しかしそのために眠らせられたいけにえの娘を、老人どもは罪もなく買ったものと思っているのか、あるいはひそかな罪の思いのために、かえってよろこびが加わるのか。われを忘れた江口老人は娘がいけにえなのも忘れたように、足で娘の足さきをさぐった。そこだけがふれていないからだった。娘の足の指は長くてしなやかに動いた。指のふしぶしが折り縮まったり反ったりするのは、手の指の動きにも似て、そこだけにもこの娘のあやしい女としての強いそそのかしが江口につたわった。眠りながらの足指で、この娘はむつごとを交わすことができる。けれども老人は娘の指の動きを幼くたどたどしいがなまめかしい音楽として聞くにとどめて、しばらくそれを追っていた。

娘は夢を見ていたらしかったが、その夢は終ったのだろうか。もしかすると夢を見ていたのではなく、老人がどぎつくふれてくるにつれて、ただの寝言で会話をし、抗議をする習わしが生まれた、それだったのだろうかと、江口は思ってみた。ものを言わなくても、この娘は眠りながら老人とからだで会話のできるなまめかしさにあふれているけれども、ちぐはぐな寝言でもいいから声の会話が聞きたいという望みが、江口につきまとうのは、この家の秘密にまだよくなじまないからであろう。江口老人はなんと言えば、またどこを

押せば、娘が寝言で答えてくれるのかと迷いながら、

「もう夢は見ないの？　お母さんがどこかへ行った夢？」と言って、娘の背骨にそってくぼみをさすった。娘は肩を振って、またうつ伏せになった。この娘の好きな寝姿とみえる。顔はやはり江口の方に向け、右手で枕のはしを軽く抱いて、左腕は老人の顔の上においた。しかし娘はなにも言わなかった。やさしい寝息があたたかくふれて来た。ただ江口の顔の上の腕が安定をもとめるらしく動いているので、老人は両手をそえて娘の腕を自分の目の上にのせた。娘の長い爪の先きが江口の耳たぶを軽く刺した。娘の手のひらのつけ根が江口の右の目ぶたの上でまがり、右の目ぶたを娘の細まって来る腕がおおっていた。そのままとどめておきたくて、老人は自分の右左の目の上のところで、娘の手をおさえた。目玉にしみ通る娘のはだの匂いは、また江口に新しく、ゆたかな幻が浮かんで来るほどだった。ちょうど今ごろの季節、大和《やまと》の古寺の高い石垣の裾《すそ》に小春日を受けて咲いていた二三輪の寒牡丹《かんぼたん》の花、詩仙堂の縁近く庭に咲きひろがる白い山茶花《さざんか》、そうしてこれは春だが、奈良のあしびの花、藤の花、椿寺《つばきでら》に咲き満ちる、散り椿の花、

「そうだ。」これらの花には、江口が結婚させた三人の娘の思い出があるのだった。三人の娘、あるいはそのうちの一人の娘を旅につれて見た花であった。妻となり母となった娘たちはよくおぼえていないかもしれないが、江口はよくおぼえていて、ときどきに思い出

しては妻にも花の話をする。母親は娘を嫁にやってからも父親ほどには娘を離したとは感じないらしいし、事実母親としての親しい交わりをつづけているので、結婚前の娘と旅で花を見たことなどはそう心にとめていない。また母親がついて行かなかった旅の花もある。

江口は娘の手をあてた目の奥に、いくつかの花の幻が浮かんでは消え、消えては浮かぶのにまかせながら、娘に嫁をやったあとしばらく、よその娘までが可愛くなって気にかかった日々の感情がよみがえっていた。この娘もそんな時のよその娘の一人であるかのように思えて来る。老人は手をはなしたが、娘の手はじっと江口の目の上にのっていた。江口の三人の娘のうちで、椿寺の散り椿を見たのは末の娘だけであるし、末っ子《こと》をうちから出す半月ほど前の別れの旅であったし、この椿の花の幻がもっとも強かった。殊《こと》に末娘は結婚するのに苦しい痛みもあった。二人の若者が末娘をあらそったばかりでなく、そのあらそいのなかで末娘はきむすめでなくなっていた。江口は末娘の気もちを新しくするために旅へ誘い出したのでもあった。

椿は花が首からぽとりと落ちて縁起が悪いともされているが、椿寺のは樹齢が四百年という一本の大木から五色の花が咲きまじり、その八重の花は一輪がいちどきに落ちないで、花びらを散らすから散り椿とも名づけられているらしかった。

「散りざかりには、一日で箕《み》に五六ぱいも散ります。」と寺の若い奥さんは江口に話した。

日表《ひおもて》からながめるよりも、日裏から見る方が、大椿の花のむれはかえって美しいのだという。江口と末娘とが坐《すわ》っている縁は西向きで、日は傾いていた。日裏のわけである。つまり逆光線なのだが、大椿のしげった葉と咲き満ちた花との厚い層は、春の日の光りをとおさない。日の光りは椿のなかにこもってしまって、椿のかげの縁には夕映えがただようようだった。椿寺はやかましく俗な町なかにあるし、庭にも一本の大椿のほかには見るべきものがなさそうだ。また、江口の目には大椿がいっぱいでほかのなにも見えなかったし、花に心をうばわれていて町の音も聞えなかった。

「よく咲いたものだねえ。」と江口は娘に言った。

寺の若い奥さんが、「朝起きてみますと、地面が見えないほど花の落ちていることがあります。」と答えると、江口と娘とをそこに残して立って行った。一本の大木から、五色の花が咲いているのかどうか、たしかに紅《あか》い花もあれば、白い花もあるし、しぼりの花もあったが、江口はそんなことをしらべるよりも、椿ぜんたいに気を取られていた。樹齢四百年という椿が、よくもみごとに豊かに花を咲かせたものだ。西日の光りはすべて椿のなかに吸いこまれて、その花木のなかはこんもりと温いようであった。風はあると思えないのに、端の方の花枝はときどき少しゆれていた。

しかし末娘は江口ほどにはこの名木の散り椿に心をひかれているようではなかった。目ぶたに力がなくて、椿をながめているよりも、自分のうちを見ているのかもしれなかった。江口は三人の娘のうちでこの娘をもっとも可愛がっていた。娘も末っ子らしくあまえていた。上の二人の娘を嫁に出してからはなおさらだった。上の二人の娘は江口が末娘を家に残して婿《むこ》養子を迎えるのではないかと、母にねたみごとをもらし、江口も妻からそれを聞かせられたりしたものだ。末娘は陽気なたちに育っていた。男友だちの多いのは親の目に軽はずみとも思えたが、娘は男友だちにかこまれると生き生きと見えた。しかし、その男友だちのなかに娘の好きなのが二人いることは親、殊に家で男友だちをもてなす母親にはよくわかっていた。その一人に娘はきむすめをうばわれた。娘はしばらく家でも無口になって、たとえば着がえの手つきなどもいらいらしてするようになった。母親は娘になにかあったとすぐに気がついた。母親が軽く問いただすと、娘はそうためらわないで告白した。その若者は百貨店につとめて、アパアトメントに住んでいた。娘は誘われるままアパアトメントに行ったらしい。

「その方と結婚するのね?」と母親は言った。

「いやよ。ぜったいにいやです。」と娘は答えて、母親をとまどわせた。母親はその若者に無理があったのだろうと思った。江口に打ちあけて相談をした。江口は手のなかの玉を傷つけられたようだったが、末娘がもう一人の別の若者といそいで婚約してしまったと聞いてさらにおどろいた。

「どうお思いになります。よろしいんでしょうか。」と妻は一膝乗《ひとひざ》り出して来た。

「娘はそのことを婚約の相手に話したのか。打ちあけたのか。」と江口は声が鋭くなった。

「さあ。それは聞いていません。私もびっくりしたものですから……。娘にたずねてみましょうか。」

「いや。」

「そういうまちがいは結婚の相手に打ちあけない方がいい、だまっている方が無難だというのが、世間の大人たちの考えのようですね。でも、娘の性質や気持ちにもよりますわ。かくしておいたために、娘がひとりでひどく苦しみ通すことだってありますでしょう。」

「第一、娘の婚約を、親が認めるかどうか、まだきまってやしないじゃないか。」

一人の若者におかされて、にわかに別の若者と婚約するというのは、自然の落ちつきと、江口にはもちろん思えなかった。その二人ともが娘を好いていたのは、親にもわかっていた。江口は二人とも知っていたし、そのどちらと末娘が結婚してもよさそうだとさえ考えていたほどだった。しかし、娘の急な婚約は衝撃の反動ではないのか。一人にたいする怒り、憎み、恨み、くやしさのよろめきから、ほかの一人に傾いたのか。あるいは一人に幻滅し、自分の惑乱から、もう一人にすがろうとしたのか。おかされたためにその若者からまったく心がそむき去り、もう一人の若者にかえって強くひかれてゆくことも、末っ子のような娘にはないともかぎらなかった。それはあながち意趣《いしゅ》がえしや半ば自棄《やけ》の、不純とばかりは言えないかもしれぬ。

しかし自分の末娘にこんなことが起ころうとは、江口は考えてもみもしなかったのだった。どこの親もそうなのかもしれない。としても、末娘は男友だちにとりかこまれて、陽気で自由でいた、勝気な娘だけに、江口は安心していたようだ。でもことが起こってみると、むしろなんのふしぎもない。末娘だって、世の女たちとからだのつくりがちがってはしない。男の無理を通されるのだ。そしてそういう場合の娘の姿恰好《かっこう》のみにくさが、ふと江口の頭に浮かぶと、はげしい屈辱と羞恥《しゅうち》におそわれた。上の二人の娘を新婚旅行に出してやった時など、そんなものを感じたことはなかった。末娘のことがよしんば男の愛情の火事だったにしても、それをこばみきれない娘のからだのつくりに、江口はいまさら思いあたった。父親としてはなみはずれた心理だろうか。

江口は末娘の婚約をすぐに認めるでもなく、頭からしりぞけるでもなかった。二人の若者が娘をかなりはげしくあらそっていたのを、親たちが知ったのは、それからだいぶん後だった。そして、江口が娘を京都につれて来て、満開の散り椿を見ている時は、もう娘の結婚も近いのだった。大椿のなかにかすかなうなりがこもっていた。蜜蜂《みつばち》のむれなのだろう。

その末娘も結婚して二年後に男の子を産んだ。娘の夫は子煩悩《こぼんのう》のようだった。日曜日など若夫婦で江口の家に来ると、妻がさと親と台所に出てなにかつくっていれば、夫が上手に牛乳をのませたりした。江口はそれを見て、夫婦のあいだも落ちついているのだと思ったものだった。おなじ東京に住みながら、結婚してからの娘はめったにさとへ顔を見せなかったが、一人で来た時には、

「どう?」と江口は聞いた。

「どうって、まあ、しあわせですわ。」と娘は答えた。夫婦のあいだのことは親にもそう言わないのかもしれないが、末娘のような性格では、夫のことをもっとさと親に話しそうなものなのにと、江口はなんだかもの足りなかったし、いくらか気にもかかった。しかし末娘は若妻の花が咲いたように美しくなって来ていた。これをただ娘から若妻への生理的な移りとしても、そこに心理的な暗いかげがあれば、このような花の明るさはないだろう。子供を産んだあとの末娘はからだのなかまで洗ったように肌が澄み、そして人にも落ちつきができていた。

だからであろうか。「眠れる美女」の家で、江口は両の目ぶたに娘の腕をのせながら、浮かんで来る幻は咲き満ちた散り椿などなのか。もちろん、江口の末娘にも、ここに眠る

娘にも、あの椿のようなゆたかさはない。しかし人間の娘のからだのゆたかさは見ただけでは、おとなしくそいねしただけでは、わかるものではなかった。椿の花などとくらべられるものではなかった。娘の腕から江口の目ぶたの奥に伝わって来るのは、生の交流、生の旋律、生の誘惑、そして老人には生の回復である。江口は娘の腕をしばらく上においた目玉が重いので、手に取っておろした。

娘のその左腕はおき場がなく、江口の胸にそうてかたくのばす窮屈さのためか、娘は江口の方へ向くように半ば寝がえりした。両手を胸の前に折りまげて指を組みあわせた。それが江口老人の胸にふれた。合掌《がっしょう》の形ではないが、祈りの形のようだった。やわらかい祈りのようだった。老人は娘が指を組んだ手を自分の両の手のひらのなかにつつんだ。そうするうちに老人自身もなにかを祈るような思いになって目をつぶった。しかしそれは老人が眠った若い娘の手にふれている、かなしさにほかならないだろう。

静かな海に夜の雨が降りはじめた音が、江口老人の耳にはいって来た。遠くのひびきは車の音ではなくて、冬の雷のようだったが、とらえがたかった。江口は娘の指の組み合わせを解くと、親指をのぞく四本の指を一本ずつのばしてながめた。細く長い指を口に入れてかみたいようになった。小指に歯がたがついて血がにじんでいたら、この娘は明日めざめてからどう思うだろうか。江口は娘の腕を胴の方にのばさせた。そして乳かさが大きくふくらんで色も濃い、娘の豊かな乳房を見た。やや垂れぎみなのを持ちあげてみた。電気毛布であたたまった娘のからだほどではなく、それはなまぬるかった。江口老人は二つのあいだのくぼみに額をおしつけようとしたが、顔を近づけただけで、娘の匂いにためらった。腹ばいになって、枕もとの眠り薬を、今夜は二錠いちどきにのんでしまった。この前、はじめてこの家へ来た夜は、一錠を先きにのみ、悪夢で目がさめてからまた一錠のみ足したが、ただの眠り薬であることはわかっていた。江口老人が眠りに沈んだのは早かった。

娘がしゃくりあげてはげしく泣く声に、老人は目をさました。その泣くと聞える声は笑いに変った。笑い声は長くつづいた。江口は娘の胸に手をまわしてゆすぶった。

「夢だよ、夢だよ。なんの夢をみてるんだ。」

娘の長い笑い声のやんだあとの静かさは気味が悪かった。しかし江口老人も眠り薬がきいていて、枕もとにおいた腕時計を拾って見るのがやっとだった。三時半だった。老人は娘に胸を合わせ、腰を引き寄せて、あたたかく眠った。

朝はまた家の女に呼び起こされた。

「お目ざめでございますか。」

江口は答えなかった。家の女は密室の扉に近づいて、杉戸に耳を寄せているのではないか。そのけはいに老人はぞっとした。娘は電気毛布で熱いのか、あらわな肩を乗り出して、片腕を頭の上にのばしていた。江口はふとんを引きあげてやった。

「お目ざめでございますか。」

江口はやはり答えないで、ふとんのなかに頭をすくめた。あごに娘の乳首がふれた。江口はにわかに燃えるようで、娘の背を抱き、足でも娘をかき寄せた。

家の女が軽く杉戸を三四度たたいた。

「お客さま、お客さま。」

「起きてるよ。今、着かえるから。」と江口老人が答えなければ、女は扉をあけてなかにはいって来そうだった。

隣りの部屋には洗面器や歯みがきなどが運んで来てあった。女は朝飯の給仕をしながら、

「いかがでした。いい子でございましょう。」

「いい子だね、じつに……。」と江口はうなずいてから、「あの子はなん時に目がさめるの。」

「さあ、なん時でございましょう。」と女はしらっぱくれた。

「あの子が起きるまで、ここにおいてもらえないの。」

「それは、そんなことはここにはございませんのですよ。」と女は少しあわてて、「どんなになじみのお客さまでも、そんなことはなさいません。」

「しかし、あんまりいい子だからね。」

「つまらない人情をお出しにならないで、眠っている子とだけおつきあいなさっておいた方がよろしいじゃございませんか。あの子はだんなさまとおやすみしたことを、まるで知らないんですから、なんの面倒も起きようがありませんし。」

「しかし、僕の方はおぼえているよ。もし道ででも出会ったら……。」

「まあ。声でもおかけになるおつもりですか。それはおやめになって下さい。罪なことじゃありませんか。」

「罪なこと……?」江口老人は女の言葉をくりかえした。

「そうでございますよ。」

「罪なことか。」

「そんなむほん心をお起こしにならないで、眠った娘を眠った娘として、おひいきにしてやっていただきとうございます。」

おれはまだそれほどみじめな老人じゃないと言ってみたくもあるのを、江口老人はひかえて、

「昨夜、雨が降ったようだな。」

「そうでございますか。ちっともぞんじませんでした。」

「たしかに雨の音だった。」

窓からながめる海は岸近い小波《さざなみ》が朝日にきらめいていた。

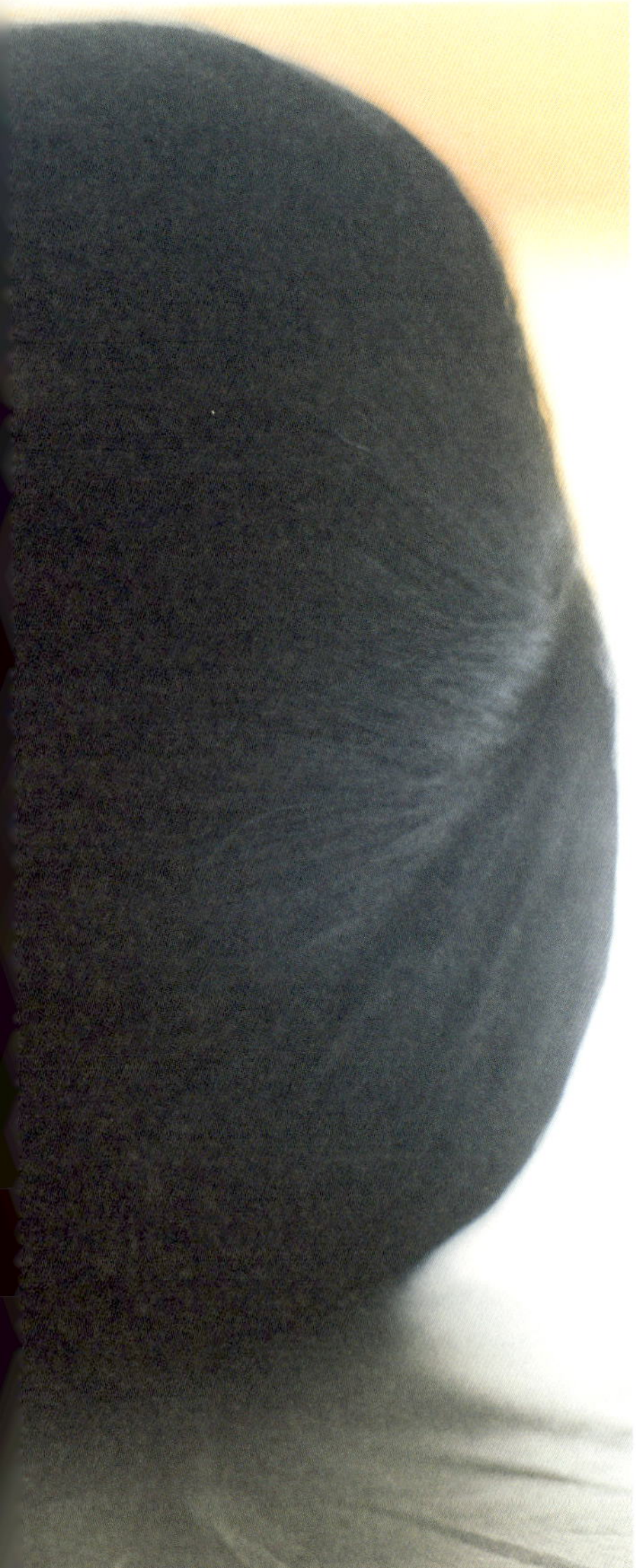

その三

江口老人が「眠れる美女」の家へ三度目に行ったのは、二度目から八日後のことだった。はじめと二度目とのあいだは半月ほどあったから、こんどはその半分ほどに縮まっている。眠らせられた娘の魔力に、江口もしだいに魅入《みい》られて来たのか。

「今晩は、見習いの子で、お気にめさないかもしれませんが、御辛抱《ごしんぼう》なさって下さい。」と家の女は煎茶を入れながら言った。

「またちがう子か。」

「だんなさまはお越しのまぎわにお電話を下さいますから、どうしても間に合わせの子になってしまって……。お望みの子がおありでしたら、二三日前からおしらせをいただいておきませんと。」

「そうね。しかし、見習いの子って、どういうの。」

「新しい、小さい子です。」

江口老人はおどろいた。

「なれていないものですから、こわがりまして、二人いっしょならどうでしょうと言っていたんですけれど、お客さまがおいやだといけませんし。」

「二人か。二人だってかまわないようなものだがね。それに死んだように眠っていたら、こわいもなにもわからないじゃないの？」

「そうですけれど、なれない子ですから、お手やわらかに、どうぞ。」

「なにもしやしないさ。」

「それはわかっております。」

「見習いか。」と江口老人はつぶやいた。あやしいことがあるものだ。

女はいつものように杉戸を細目にあけて、なかをうかがってから、

「眠っておりますから、どうぞ。」と部屋を出て行った。老人は自分で煎茶をもう一服ついで、肱枕《ひじまくら》に横たわった。薄寒いむなしさが来た。おっくうなしぐさで立ちあがると、杉戸をそっとあけて、びろうどの密室をのぞいてみた。

「小さい子」は顔の小さい子だった。おさげにして結んでいたのをほどいたような髪がみだれて片頰《かたほお》にかかり、もう一方の頰から脣にかけて手の甲をあてているので、なお顔が小さく見えるらしかった。あどけない少女が眠っていた。手の甲と言っても、楽に指をのば

しているので、甲のはしの軽くふれているのは目の下のあたり、そこでまげた指が鼻の横から脣をおおっていた。長い中指は少しあまって、あごの下までのびていた。それは左手だった。右手はかけぶとんの襟《えり》にのせて、指はやわらかく握っていた。なにも寝化粧はしていない。寝る前に化粧を落したらしくもない。

江口老人はそっと横にはいった。娘のどこにもふれぬように気をつけた。娘は身じろぎもしなかった。しかし娘の温かさは、電気毛布の温かさとは別に、老人をつつんで来た。未熟の野生の温かさのようだった。髪や肌の匂いで、そう感じるのかもしれなかったが、そうばかりではない。

「十六ぐらいかな。」と江口はつぶやいた。この家には、もう女を女としてあつかえぬ老人どもが来るのだが、こんな娘と静かに眠るのも、過ぎ去った生のよろこびのあとを追う、はかないなぐさめであろうことは、この家に三晩目の江口にはわかっていた。眠らせられた娘のそばで自分も永久に眠ってしまうことを、ひそかにねがった老人もあっただろうか。娘の若いからだには老人の死の心を誘う、かなしいものがあるようだ。いや、江口はこの家へ来る老人どものうちでは感じやすい方で、ただ、眠らせられた娘から若さを吸おうとし、目ざめぬ女をたのしもうとする老人が多いのかもしれなかった。

枕もとにはやはり白い眠り薬が二粒あった。江口老人はつまみあげてみたが、錠剤には文字もしるしもないから、なんという名の薬であるかはわからない。娘が飲まされるか注射されるかの薬とは、もちろんちがうにきまっている。江口はこの次ぎ来たら、娘とおなじ薬をこの家の女にもらってみようかと思った。くれそうもないが、もしもらえて自分も死んだように眠ってしまったらどうであろう。死んだように眠らされた娘とともに死んだように眠ることに、老人は誘惑を感じた。

「死んだように眠る」という言葉に、江口は女の思い出があった。三年前の春、老人は神戸のホテルに女をつれて帰った。ナイト・クラブからなので夜半を過ぎていた。部屋にあったウイスキイを飲み、女にもすすめた。女は江口とおなじほど飲んだ。老人はホテルのゆかたの寝間着に着かえたが、女の分はなくて、下着のまま抱き入れられた。江口が女の首に腕を巻き背をやわらかくなでて迷っているうちに、女は半身を起こすと、

「こんなもの着ていると、寝られないわ。」と身につけていたものをみな取って、鏡の前のいすの上へほうり投げた。老人はちょっとおどろいたが、白人との習わしなのだろうと思った。ところが女は意外におとなしかった。江口は女をはなすと言った。

「まだね……？」

「ずるい。江口さん、ずるい。」と女は二度くりかえしたが、やはりおとなしくしていた。

老人は酒がまわっていて、すぐに寝ついた。あくる朝、江口は女が動くけはいで目がさめ

た。女は鏡に向って髪を直していた。

「えらく早いんだな。」

「子供がいますから。」

「子供……？」

「ええ、二人。小さいの。」

女はいそいで、老人が起きあがらぬうちに出て行った。

ひきしまった細身の女が子供を二人産んでいるというのは、江口老人には意外だった。そういうからだではなかった。授乳したこともなさそうな乳房だった。

江口は出かけるのに新しいワイシャツを出そうとして旅行かばんをあけると、なかがきれいに片づけてあった。十日ほどの滞在のあいだに、着かえたものはまるめこみ、なにかを出すのに底からかきまわし、神戸で買ったり、もらったりした、みやげものなどを投げこみ、ごたごたにふくれあがって、ふたもしまらなくなっていた。ふたがあがっているのでのぞけるし、また老人が煙草を取り出した時に、女はなかの乱雑を見たのだろう。それにしても、どうして整理してくれる気になったのか。またいつ整理してくれたのか。着すてた下着類などもきちんとたたんであったりして、いくら女の手でも少し時間がかかったにちがいない。ゆうべ江口が寝入ったあとで、女は眠れなくて起き出して、かばんのなかを片づけてくれたのだろうか。

「ふうん？」と老人は上手に整理されたかばんのなかをながめた。「なんのつもりだったのかな。」

あくる日夕方、女は約束の日本料理屋にきもので来た。

「きものを着ることがあるの？」

「ええ、ときどきは……。似合わないでしょう。」と女ははにかみ笑いをして、「おひるごろに友だちから電話がかってきて、びっくり仰天してましたわ。あなた、いいのって言ってたわ。」

「しゃべっちゃったの？」

「ええ、なんでもつつみかくししないんですから。」

町を歩いて、江口老人は女のために着尺地《きじやくじ》と帯地とを買い、ホテルにもどった。港にはいっている船の燈が窓から見えた。江口は窓に女と立ってくちづけしながら、よろい戸とかあてんをしめた。前の夜のウィスキイのびんを見せたが女は首を振った。女は取りみだすまいとこらえた。沈みこむように寝入った。次ぎの朝、江口が起きるのにつられて、女は目をさました。

「ああ、死んだように眠ってしまったわ。ほんとうに死んだように眠ってしまったわ。」

女は目を見ひらいて、じっとしていた。さっぱり洗って、そしてうるんだ目だった。

江口が今日東京に帰ることを、女は知っている。女の夫は外国商社から神戸に駐在中に結婚をしたが、ここ二年ほどシンガポオルに帰っている。そして来月はまた神戸の妻子のもとに来る。そんなことも女はゆうべ話した。江口はそう聞くまで、この若い女が人妻、外国人の妻とは知らなかった。ナイト・クラブからたやすくおびきだした女なのだった。江口老人はゆうべ気まぐれにナイト・クラブへはいって行くと、隣の席に西洋人の男二人と日本の女四人の客がいた。そのなかの中年の女は江口の顔見知りだったのであいさつをした。この女が案内をして来ているらしかった。外人が二人とも踊りに立ったあとで、女は江口に若い女と踊らないかとすすめた。江口は二曲目の踊り半ばに、ここを抜け出そうと誘ってみた。若い女はいたずらをおもしろがるようだった。女が屈託もなくホテルに来てしまったので、江口老人の方が部屋にはいって少しぎこちなかったものだった。

江口は人妻と、しかも外国人の日本人妻と不倫をはたらいたことになってしまった。女は小さい子をうばか子守にまかせて泊ってゆくようなたちだし、人妻らしいうしろめたさは見せなかったので、江口にも不倫の実感は強く迫って来なかったが、やはり呵責《かしゃく》は内心に尾をひいた。しかし女に死んだように眠ったと言われた、そのよろこびの方が、若々しい楽音のように残った。その時、江口は六十四歳、女は二十四五から七八までのあいだだったろうか。老人はこれがもう若い女とのまじわりの最後かとも思ったほどだった。わずかに二夜、ほんとうは一夜きりであったにしてもいい、死んだように眠ったのが、江口の忘れられぬ女となったのだった。女は手紙をよこして、関西へいらっしゃればまた会いたいと書いて来た。それから一月ほど後の手紙には、夫が神戸へもどったことをしらせて、それでもかまわないから会いたいとあった。おなじような手紙がまた一月あまりのちに来た。それっきりたよりはとだえた。

「ははあ、あの女は妊娠をしたんだな、三度目の……。きっとそうだったんだろう。」と江口老人がつぶやいたのは、三年のち、死んだように眠らせられた小娘のそばで女を思い出していた時だった。今までそんなことは考えてみもしなかったのだ。それがなぜ今不意に考えついたのか、江口は自分でふしぎだったが、考え出してみると、そうにちがいなかったという気がする。たよりをよこさなくなったのは、女が妊娠をしたからだったのか。そうだったかと江口老人は微笑が浮かんで来そうだ。シンガポオルからもどった夫を迎えて、女が妊娠をしたということは、江口の不倫が女から洗い落されたかのようで、老人を安らかにした。そうすると女のからだがなつかしく浮かんで来る。それは色情をともなわない。ひきしまって、なめらかで、よくのびたからだが、若い女の象徴のように思われて来る。妊娠は江口の不意の想像なのだけれども、たしかな事実として疑えない。

「江口さん、わたしが好き？」と女はホテルで聞いたものだった。

「好きだよ。」と江口は答えて、「女のひとのありふれた問いだね。」

「でも、やっぱり……。」と女は口ごもって、あとはつづけなかった。

「わたしのどこが好きかって聞かないの？」と老人がからかうと、

「いいわ。もうよします。」

しかし女に好きかと聞かれると、好きだとはっきりする。そして女がそう聞いたのを、江口老人は三年のちの今も忘れてはいない。女は三人目の子供を産んで、やはり子供など産んだことのないようなからだでいるだろうか。女のなつかしさが江口に迫って来た。

老人はそばに眠らせられている小娘をほとんど忘れていたようだが、神戸の女を思い出させてくれたのはこの小娘だ。頬に手の甲をあてた娘の肘《ひじ》が横に張っていてじゃまになるので、老人はその手首を握ってふとんのなかにのばさせた。娘は電気毛布のぬくみで肩胛《けんこう》骨《こつ》まで乗り出している。小さい肩のういういしい円みが江口老人の目にさわりそうな近くにある。その円みは老人の手のひらにはいりそうなので握ってみたいようだがやめた。肩胛骨も肉にかくれないで見えている。江口はその骨にそうてなでてみたいのもやめた。ただ、右頬にかかった長い髪をそっとかきのけた。四方の深紅のかあてんにうつる、天井からのほの明りを受けて、娘の寝顔はややわらかだった。眉も手入れはしてない。長いまつ毛がそろって、指先きでつまめそうである。下脣のまんなかが少し厚い。歯はのぞいていなかった。

若い女の無心な寝顔ほど美しいものはないと、江口老人はこの家で思うのだった。それはこの世のしあわせなぐさめであろうか。どんな美人でも寝顔の年はかくせない。美人でなくても若い寝顔はいい。あるいはこの家では、寝顔のきれいな娘をえらんでいるのかもしれなかった。江口は娘の小さい寝顔を真近にながめているだけで、自分の生涯も日ごろの塵労《じんろう》もやわらかく消えるようだった。この思いで眠り薬を飲んで寝入ってしまうだけでも、めぐまれた一夜のさいわいにはちがいないが、老人は静かに目をつぶってじっとしていた。この娘は神戸の女を思い出させてくれたのだから、まだなにかを思い出させてくれそうで、眠るのが惜しまれるようだった。

神戸の若い人妻が二年ぶりに夫の帰りを迎えて、すぐ妊娠したのだろうという、不意の想像、その想像はたしかに事実にちがいないという、必然のような実感は、江口老人を急にははなれなかった。江口とのことは女に宿って生まれて来る子供をはずかしめも、けがしもしていないと思える。老人はその妊娠と出産をほんとうとして祝福を感じた。あの女には若い生命が生きて動いている。江口はいまさらながら自分の老いを知らせられたようなものだ。しかしながら女はどうしてわだかまりもうしろめたさもみせないで、おとなしく身をまかせたのだろう。江口老人の七十年近い生涯にもなかったことのようだ。女に娼婦じみたところ、浮気じみたところはなかった。江口はこの家であやしく眠らせられた少女のそばに横たわるよりも、むしろ罪を感じなかったほどであった。朝になって、さっぱりといそいで小さい子供のいるうちへ帰ってゆき方も、老人の江口には好ましく寝台から見送れたものだった。江口はこれがもう若い女との最後かもしれないと思って、忘れられぬ女となったのだが、女もおそらく江口老人を忘れはしないだろう。二人を深く傷つけないで、生涯秘められてゆくにしても、二人は忘れはしないだろう。

しかし、今、神戸の女をまざまざと、老人に思い出させてくれたのが、「眠れる美女」の、見習いの小娘なのはふしぎだ。江口はつぶった目をあいた。小娘のまつ毛をやわらかく指でなでてみた。娘は眉をひそめて顔をよけると脣を開いた。舌が下あごにつき、小さく沈むようにちぢまっている。その幼なじみた舌のまんなかに可愛い窪《くぼ》みがとおっている。江口老人は誘惑を感じた。娘のあいた口をのぞいていた。もし娘の首をしめたら、この小さい舌はけいれんするだろうか。老人はむかしこの娘より幼い娼婦に会ったのを思い出した。江口にそんな趣味はなかったが、客として人に招かれてあてがわれたのであった。その小娘は薄くて細長い舌をつかったりした。水っぽかった。江口は味気なかった。町から太鼓や笛が心をはずますように聞えていた。祭の夜らしい。小娘は切れ長の目で勝気な顔つきだったが、心は客の江口にはないくせにいそいでいた。

「お祭りだね。」と江口は言った。「お祭りに早く行きたいんだね。」

「あら、よくわかるわね。そうなのよ。お友だちと約束しておいたのに、ここへ呼ばれたんです。」

「いいよ。」と江口は小娘の水っぽく冷たい舌を避けた。「いいから、早くいっといで……。太鼓の鳴ってる神社だね。」

「でも、ここのおかみさんに叱《しか》られるわ。」

「いいよ。僕がうまく取りつくろっておいてやるよ。」

「そうですか。ほんとう?」

「君はいくつなの。」

「十四です。」

娘は男にたいしてなんの羞恥もなかった。自分にたいして屈辱も自棄もなかった。あっけらかんとしたものだった。身づくろいもそこそこに、町の祭へいそいで出て行くだけだった。江口は煙草をふかしながら、太鼓や笛や露店の売り声をしばらく聞いていたものだった。

ある時、江口はいくつだったか、よくは思い出せないが、小娘にみれんもなく祭に行かせる年にはなっていたにしても、今のような老人ではなかった。あの娘より今夜の娘は年も二つ三つ上だろうし、あの娘にくらべたら女らしく肉づいている。だいいち、決して覚めることなく眠らせられているのが大きいちがいだ。祭の太鼓が鳴りひびいたところで聞えはしない。

耳をすませると、裏山に弱い木がらしが渡っているようだった。そして娘の小さくひらいた脣から、なまあたたかい息が江口老人の顔にかかって来る。深紅のびろうどに映えた薄明りは娘の口のなかにまではいっている。この娘の舌はあの娘の舌のように水っぽく冷めたくはないように思える。老人の誘惑はまた強まった。この「眠れる美女」の家で、口のなかの舌を見せて眠っているのは、この小娘がはじめてだった。老人は指を入れて舌にふれてみたいというよりも、もっと血のさわぐ悪が胸にゆらめくようだった。

でもその悪は激しい恐怖をともなう残虐《ざんぎゃく》なものが、明らかな形を取って、今、江口に浮かんで来はしなかった。男が女に犯す極悪とは、いったいどういうものであろうか。たとえば神戸の人妻や十四の娼婦のことなどは、長い人生のつかのまのことで、つかのまに流れ去ってしまった。妻との結婚、娘たちの養育などは、表向き善とされているけれども、時の長さ、その長いあいだを江口がしばって、女たちの人生をつかさどり、あるいは性格までもゆがめてしまったというかどで、むしろ悪かもしれないのであった。世の習慣、秩序にまぎれて、悪の思いが麻痺《まひ》しているのかもしれないのであった。

眠らせられた娘のそばに横たわっているのも、たしかに悪にはちがいないだろう。もし娘を殺せばそれはなお明らかである。娘の首をしめることも、口と鼻をおさえて息をとめることも、多分やさしそうである。しかし小さい娘は口をあけ、幼なじみた舌をのぞかせて眠っている。江口老人がその上に指をおいたら、赤子が乳を吸うように円めるかと思える舌である。江口は娘の鼻の下やあごに手をかけて口をふさがせた。手をはなすと娘の脣はまたひらいた。眠りながら脣を少しひらいていても愛らしいところに、老人は娘の若さを見た。

娘があまりに若いので、かえって江口は悪などが胸にゆらめいたりしたのであろうが、この「眠れる美女」の家へひそかにおとずれる老人どもには、ただ過ぎ去った若さをさびしく悔いるばかりではなく、生涯におかした悪を忘れるための者もあるのではないかと思われた。江口にここを紹介してくれた木賀老人は、ほかの客たちの秘密をもらさなかったのはもちろんである。おそらく会員客は多くはないのであろう。そしてその老人たちは、世俗的には、成功者であって落伍者《らくごしゃ》でないことも察しがつく。しかし、その成功は悪をおかしてかち得、悪を重ねてまもりつづけられているものもあろう。それは心の安泰者でなく、むしろ恐怖者、敗残者である。眠らせられている若い女の素肌《すはだ》にふれて横たわる時、胸の底から突きあがってくるのは、近づく死の恐怖、失った青春の哀絶ばかりではないかもしれぬ。おのれがおかして来た背徳の悔恨《かいこん》、成功者にありがちな家庭の不幸もあるかもしれぬ。老人どもはひざまずいて拝む仏をおそらくは持っていない。はだかの美女にひしと抱きついて、冷めたい涙を流し、よよと泣きくずれ、わめいたところで、娘は知りもしないし、決して目ざめはしないのである。老人どもは羞恥を感じることもなく、自尊心を傷つけられることもない。まったく自由に悔《く》い、自由にかなしめる。してみれば「眠れる美女」は仏のようなものではないか。そして生き身である。娘の若いはだやにおいは、そういうあわれな老人どもをゆるしなぐさめるようなのであろう。

そういう思いがわくと、江口老人は静かに目をつぶった。これまでの三人の「眠れる美女」のうちで、もっとも幼く小さい、少しもみがかれていない、今夜の娘が江口にふとこんな思いを誘い出したのはややふしぎであった。老人は娘を抱きすくめた。それまでは娘のどこにふれることも避けていたのであった。娘は老人のからだにつつみこまれてしまいそうであった。娘には力がうばわれていてさからわなかった。いたいたしいほど細身だ。娘は深く眠りながらも江口を感じたのか、ひらいた脣をとじた。突き出た腰骨が老人にごつごつあたった。

「この小さい娘は、どんな人生をたどってゆくだろうか。いわゆる成功や出世はないにしても、はたして平穏な一生にはいってゆくだろうか。」などと江口は思った。この家でこれから老人どもをなぐさめ救う功徳《くどく》によって、のちのしあわせがのぞましいが、あるいは昔の説話のように、この娘がなんとかの仏の化身《けしん》ではないかとまで考えられたりした。遊女や妖婦が仏の化身だったという話もあるではないか。

江口老人は娘の下げ髪をやわらかくつかみながら、自分の過去の罪業、背徳を自分にざんげしようと気をしずめた。ところが心に浮かんで来るのは過去の女たちだった。そして老人にありがたく思い出されるのは、交わりの月日の長さ短かさ、顔形の美しさみにくさ、かしこさおろかさ、品のよさわるさ、そんなものではなかった。たとえば神戸の人妻が、「ああ、死んだように眠ってしまったわ。ほんとうに死んだように眠ってしまったわ。」と言ったような、そういう女たちであった。江口の愛撫にわれを忘れて敏感にこたえ、不覚の喜悦《きえつ》に狂った女たちであった。それは女の愛の深い浅いよりも、生まれつきのからだのせいなのであろうか。この小さい娘はやがて熟したらどうなのだろうかと、老人は娘の背を抱いている手のひらでさすりおろした。しかしそんなことでわかるはずはない。前にこの家で、妖婦じみて見える娘のそばで、江口は六十七年の過去に、人間の性の広さ、性の深さに、はたしてどれほど触れて来たのだろうと思ってみたりしたものだったが、そしてそんな思いを自分の老い衰えと感じたものだったが、今夜の小さい娘の方がかえって江口老人の性の過去を生き生きとよみがえらせてくれるのはふしぎであった。老人は娘のつぼんだ唇にそっと唇をつけた。なんの味もない。かわいている。なんの味もないのがかえっていいようである。江口はこの娘と二度と会うことはないかもしれない。この小さい娘の唇が性の味わいにぬれて動くころには、江口はもう死んでしまっているかもしれない。それもさびしくはない。老人は娘の唇からはなした唇を娘の眉からまつ毛にふれた。娘はくすぐったいのか顔をかすかに動かせて、額を老人の目のあたりに押しつけた。目をつぶり通していた江口はなおかたく目をとじることになった。

そのまぶたの裏にとりとめない幻のようなものが浮かびそうで消えた。やがて幻がやや形を取った。黄金色の矢がいく筋も近くを飛んでゆく。矢のさきに濃いむらさきのヒヤシンスの花がつけてある。そして矢のうしろにさまざまな色のカトレアの花がついている。きれいだった。しかし矢がこんなに早く飛んでは花が落ちはしないか、落ちないのがふしぎだとあやぶむ思いで、江口老人は目をひらいた。うたたねしかかっていたのだった。

枕もとの眠り薬はまだのんでいなかった。薬の横の腕時計を見ると、十二時半をまわっていた。老人は二粒の眠り薬を手のひらにのせたが、今夜は老いの厭世《えんせい》と寂寞《せきばく》におそわれないので、寝てしまうのが惜しまれた。娘は安らかな寝息だった。なにを服用させられているのか、注射されているのか、少しも苦しげではない。眠り薬の量が多いか、あるいは軽い毒薬かもしれないが、江口も一度はこのような深い眠りに沈みこんでみたくなった。寝床を静かに抜けると、深紅のびろうどの部屋を、隣りの部屋へ出て行った。この家の女に娘とおなじ薬を無心するつもりで呼鈴を押してみたが、鳴りつづけているだけで、家のうちそとの寒気を知らせられた。秘密の家の呼鈴を夜ふけに長く鳴らせることも江口ははばかった。あたたかい土地なので、冬に落ちる葉も枝にちぢまり残っていたりするが、それでもあるかないかの風に落葉の庭を動く音があった。崖に打ちよせる波は今夜はおだやかだった。無人の静かさが、この家を幽霊屋敷のように感じさせて、江口老人は肩が冷えふるえた。老人はゆかたの寝間着のまま出て来ていたのだった。

密室にもどると、小さい娘の頰は上気していた。電気毛布は温度を低くしてあるが、娘の若さであろう。老人は娘によりそって、自分の冷めたさをあたためた。娘はぬくみで胸をせりあげ、足の先きをたたみに出していた。

「かぜをひくよ。」と江口老人は言ったが、年の大きいへだたりを感じた。小さくあたたかい娘は江口のなかに抱きこんでしまうにはよかった。

あくる朝、江口は家の女に飯の給仕をしてもらいながら、

「ゆうべ、呼鈴を鳴らしたのを気がついた？　娘とおなじ薬を僕もほしかったんだ。あんなに眠ってみたいもの。」

「それは禁制です。だいいち、御老人にはあぶのうございますよ。」

「僕は心臓が強いから心配はないよ。もし永久に目がさめなかったところで、僕はくやまないね。」

「たった三度いらっしゃっていただきますと、もうそんなわがままをおっしゃるようにおなりですのね。」

「この家で言って通してもらえる、いちばんのわがままはなんなの？」

女はいやな目で江口老人を見て、薄ら笑いを浮かべた。

その四

朝からの暗い冬空が夕暮れ前には冷めたい小雨になっていた。それがさらにみぞれになっているのを江口老人が気づいたのは、「眠れる美女」の家の門をはいってからだった。いつもの女は門の戸をひそかにしめて鍵をかけた。女が足もとを照らす手持ち電燈の薄明りで、雨にまじる白いものが見えた。白いものはほんのまばらで、やわらかそうだった。玄関に行く踏み石に落ちるととけた。

「石がぬれておりますから、お気をつけなさって。」と女は傘をさしかけながら、一方の手で老人の手を取ろうとした。老人の手袋の上から中年女の手の気味悪いぬくみが通って来そうだった。

「大丈夫だよ、僕は。」と江口は振りはなした。「まだ手をひいてもらうほどの年寄りじゃないよ。」

「石はすべりますから。」と女は言った。石のまわりにもみじの落葉などが掃《は》いてない。

ちぢれて色あせたのもあるが、雨にぬれた、つやがついていた。

「あんたに手をひいてもらったり、抱えてもらったりしなければならんような、片足や片手の不随《ふずい》のような、老いぼれも来るのか。」と江口老人は女に言った。

「ほかのお客さまのことはお聞きになるものじゃありません。」

「しかし、そういう老人は、これから冬、あぶないね。脳出血か心臓で、ここでまいってしまったらどうなる。」

「そういうことがもしありましたら、ここはおしまいですね。お客さまは極楽往生《ごくらくおうじょう》かもしれませんけれど。」と女は冷淡に答えた。

「君だってただではすまないよ。」

「はあ。」女はどういう前身なのか、顔色を動かしもしない。

二階の部屋に通ると、いつもの通りであった。床の紅葉した山里の絵はさすがに雪景の絵とかけかわっている。これもやはり複製版にちがいない。

女はいい煎茶を上手に入れながら、

「やはりお客さまは急なお電話でいらっしゃるんでございますね。前の娘は三人ともお気に入りませんでしたんでしょうか。」

「いや、三人とも気に入り過ぎるほどだった。ほんとうだよ。」

「それでしたら、せめて二三日前に、どの子かお約束しておいて下さるとおよろしいのに……。浮気なお方ですねえ。」

「浮気って言えるかねえ。眠っている娘にも？　相手はまったくなにも知らないんじゃないか。だれでもおなじことだろう。」

「眠っておりましても、やはり生き身の女ですから。」

「ゆうべのお客はどんな老人だったかって聞く子もあるの？」

「それはぜったいに言わないことになっています。この家のかたい禁制《きんせい》ですから、どうぞ御安心なさって。」

「それに一人の娘にあまり情をうつすのは迷惑のような口振《くちぶ》りが、君にはあったと思うがね。この家での（浮気）について、前に君は、僕が今夜君に言ったのとおなじようなことを僕に言ったのを、おぼえているだろう。今夜はそれがまるであべこべになってしまった。妙《みよう》だな。君も女の本性をあらわして来たってわけ……？」

女は薄い唇のはしに皮肉な笑いを浮かべて、

「お若い時から、たくさんの女を泣かせて来たお方なんでしょうねえ。」

江口老人は女のとっぴな飛躍《ひやく》におどろきながら、「とんでもない。じょうだんじゃない。」

「向きにおなりになって、それがあやしいわ。」

「もし君の言うような男だったら、こういううちへは来ないよ。ここへ来るのは、まあ女にみれんたっぷりの御老人たちなんだろう。くやんでも、あがいても、いまさら取りかえしのつかない御老人たちなんだろう。」

「さあ、どうでございましょうか。」と女は顔色を動かさなかった。

「この前来た時も、ちょっと言ってみたが、ここで老人にゆるされるいちばんのわがままは、どういうことなの。」

「さあ。娘が眠っていることですわ。」

「娘とおなじ薬はもらえないの？」

「この前、おことわりいたしましたでしょう。」

「それじゃ、年寄りに出来る、いちばんの悪事はなんだろう。」

「この家には、悪はありません。」と女は若い声を低めながら江口を気押《けお》すように言った。

「悪はないか。」と老人はつぶやいた。女の黒いひとみは落ちついていた。

「もし娘の首を絞め殺そうとなさるのも、赤子の手をねじるようなものですけれど……。」

江口老人はいやな気がして、「絞め殺されても、目をさまさないの？」

「と思います。」

「無理心中にはあつらえ向きだね。」

「おひとりで自殺なさるのがおさびしい時にはどうぞ。」

「自殺するよりももっとさびしい時には……？」

「御老人にはございましょうね。」と女はやはり落ちついて、「今晩はお酒でもめしあがっていらしたんですか。おかしなことをおっしゃって。」

「酒よりも悪いものを飲んで来た。」

さすがに女は江口老人の顔をちらとぬすみ見たが、たかをくくったように、

「今夜の子はあたたかい子ですわ。こんな寒い晩ですし、ちょうどよかったですわ。おあたたまりになって。」と下へおりて行ってしまった。

江口が密室の戸をあけると、いつもよりも女のあまい匂いが濃かった。娘は向う向きに眠っていた。いびきというほどではないが、深い寝息である。大柄《おおがら》のようである。深紅のびろうどの映りでさだかではないが、たっぷりした髪が少し赤茶けているようである。厚めの耳から太い首の肌がじつに白いようである。女が言った通りに、あたたかそうだ。そのくせ顔は上気していない。老人は娘のうしろにすべりこむと、

「ああ。」と声がひとりでに出た。あたたかいこともあたたかいが、娘のはだはすいつくようになめらかだった。匂い出るしめりけをおびていた。江口老人はしばらく目をつむってじっとしていた。娘も動かなかった。その腰からしたがゆたかだった。あたたかさが老

人にしみるよりも老人をつつんで来た。娘の胸もふくらみ、ちぶさはむしろ低くひろがって、ふしぎなほどちいさいちくびだった。さっき家の女が「絞め殺す」と言ったが、それを思い出して、そんな誘惑におののくようなのは、娘のはだのせいだった。もし絞めたらこの娘のからだはどんな匂いを放つだろうか。江口はこの娘が昼間立って歩く不恰好《ぶかっこう》さを無理に思い描いてみて、悪心からのがれようとつとめた。少ししずまりはした。しかし娘の歩く姿のみっともなさなどなんだろう。いい姿のきれいな足などなんだろう。もう六十七歳の老人には、まして一夜きりであろう娘では、その女のかしこさおろかさ、教養の高さ低さなどというものは、なんであろう。今はただこの娘にふれているだけのことではないか。しかも娘は眠らせられていて、老醜《ろうしゅう》の江口がふれていることなど知らないではないか。明日になっても知らない。まったくの玩弄物《がんろうぶつ》なのか、犠牲《ぎせい》なのか。江口老人はこの家にまだ四度目に過ぎないが、度《たび》重ねるにつれて、自分の内心のものも麻痺《まひ》して来るのを今夜は特に感じるようであった。

今夜の娘もこの家になれさせられているのだろうか。あわれな老人どもをなんとも思わぬようになってしまっているのか、江口のふれるのに身動きするけはいもなかった。どのように非人間の世界も習わしによって人間の世界となる。もろもろの背徳《はいとく》は世の闇《やみ》にかくれている。ただ江口はこの家へ来る老人どもと少しちがっている。まったくちがっているとも言える。この家を紹介した木賀老人が江口老人を自分たちとおなじだろうと思ったのがみこみちがいで、江口はまだ男でなくなってはいない。したがって、この家へ来る老人たちのほんとうのかなしみもよろこびも、あるいは悔いもさびしさも、痛切にはわからないとも考えられる。江口にとっては、娘がぜったいに目ざめぬように眠らせられていることが必ずしも必要ではないのである。

たとえば、この家をおとずれた第二夜の妖婦じみた娘に、江口はあやうく禁をやぶろうとして、きむすめであったことにおどろいて自分をおさえたものであった。それからはこの家の禁制、あるいは「眠れる美女」たちの安心を守ろうと誓った。老人どもの秘密をこわすまいと誓った。それにしてもきむすめばかりを呼んであるらしいのは、この家のどういう心づかいなのだろうか。あるいは老人たちのあわれともいえるのぞみなのだろうか。江口はわかるようにも思えるし、おろかなようにも思える。

しかし今夜の娘はあやしい。江口老人は信じかねた。老人は胸を起こして、その胸を娘の肩にのせて、娘の顔をながめてみた。からだのかたちのように娘の顔もととのってはいない。けれども思いのほかにあどけなかった。鼻の下の方がややひろがっていて、上の方は低い。頬は円く広い。生えぎわはさがって富士額《ふじびたい》である。みじかい眉毛が多くて尋常である。

「可愛いんだな。」と老人はつぶやいて、娘の頬に頬を重ねた。ここもなめらかであった。娘は肩が重いのだろうか、あおむけになった。江口は身をひいた。

老人はしばらくそのまま目をつぶっていた。娘のにおいがことにこいからでもあった。この世ににおいほど、過ぎ去った記憶を呼びさますものはないともいわれるが、それにはあまくこ過ぎるにおいなのだろうか、赤子の乳くささが思い出されただけだ。二つのにおいはまるでちがうのに、人間のなにか根原《こんげん》のにおいなのだろうか。少女のはなつ香気を不老長生のくすりとしようとした老人がむかしからあった。この娘のにおいはそんなにかぐわしいものではないかのようである。江口老人がこの娘にたいしてこの家の禁制をおかしてしまえば、いまわしくなまぐさいにおいがする。しかしそんなに思うのは江口もすでに老いたしるしであろうか。この娘のようなこいにおい、またなまぐさいにおいこそ、人間誕生のもとではないのか。みごもりやすそうな娘である。深く眠らせられているにはしても、生理はとまっていなくて、明日じゅうに目ざめることにはなっているのだろう。もしたといみごもったとしても、娘はまったくなんにもわからぬうちである。江口老人も六十七歳で、そういう子どもをこの世に一人残しておくのはどうであろうか。男を「魔界」にいざないゆくのは女体のようである。

しかし娘はあらゆるふせぎをまったく失わせられている。老人客のために、あわれな老人のためにだ。一糸もつけていないで、決して目ざめもしない。江口は自分もなさけなく、心病めるように思えて来て、老人には死、若者には恋、死は一度、恋はいくたびかと、思いもかけないことをつぶやいた。思いもかけないことであったが、それは江口をしずめた。もともとそう高ぶっていたわけではない。家のそとにかすかなみぞれの音がする。海の音も消えているらしい。海の水にみぞれが落ちてとける、その暗く広い海が老人に見えて来た。一羽の大きいわしのような荒鳥《あらどり》が血のしたたるものをくわえて、黒い波すれすれに飛びまわっている。それは人間の赤んぼではないか。そんなことのあろうはずはない。してみると、それは人間の背徳の幻《まぼろし》か。江口はまくらの上で軽く頭を振って幻を消した。

「ああ、あたたかい。」と江口老人は言った。電気毛布のせいばかりではない。娘はかけぶとんを引きさげて、ひろくゆたかだけれども、高い低いのややとぼしい胸を半分出した。その白い肌に深紅のびろうどの色がほのかにうつっていた。老人はきれいな胸をながめながら、富士額の生えぎわの線を一本の指先きでたどってみたりした。娘はあおむけになってから、静かに長いいきをつづけていた。ちいさい脣のなかに、どんな歯があるのだろう。江口は下脣のまんなかをつまんで少し開いてみた。脣のちいさいわりにこまかくはないが、まあこまかい、きれいにそろった歯であった。老人が指をはなすと、娘はもとのようには脣をとじきってしまわなかった。歯を少しのぞかせたままにした。江口老人はくちべにで赤くなった指先きを、娘の厚めの耳たぶをつまんでこすり、残りを娘の太い首にこすりつけた。じつに白い首にあるかないかの赤い線がついて可愛かった。

やはり、きむすめなのかなと江口は思った。この家での第二夜のむすめに、疑いをおこして、自分のさもしさにおどろき、悔いたので、しらべてみようとする気はなかった。どちらにしろ、江口老人にとってそれがなんであろう。いや、必ずしもそうでないと思いかけると、老人は自分のうちに自分をあざける声が聞えそうであった。

「おれを笑おうとするのは、悪魔かい。」

「悪魔って、そんななまやさしいものじゃないよ。死にぞこないのお前の感傷か憧憬《どうけい》を、お前がおおげさに考えているだけじゃないか。」

「いや、おれはおれよりもあわれな老人どもの身方として、考えようとしているだけだ。」

「ふん。なにを背徳者め。人のせいにするやつなどは背徳者の風《かざ》かみにもおけない。」

「背徳者だって？　そうしておこう。しかし、きむすめが純潔で、そうでない娘がどうしてそうでないんだ？　おれはこの家で、きむすめなんかをのぞんではいない。」

「お前はまだほんとうの老いぼれのあこがれを知らないからね。二度と来るな。万々一、万々一だよ、娘が夜なかに目をさましても、老人の恥じることが少いと思わないか。」

などと江口に自問自答のようなものが浮かんだが、もちろん、そんなことでいつもきむすめを眠らせているわけではあるまい。江口老人はまだこの家に四度目だけれども、きむすめばかりなのをあやしんでいた。ほんとうに老人どものねがいであり、のぞみであるのか。

ところが、「もし目をさましたら」という、今の考えは江口をはなはだしく誘った。眠らせられた娘はどれほどの刺戟で、またどのような刺戟で、たといもうろうとにもしろ目をさますのだろうか。たとえば片腕が落ちるほど切られたり、胸か腹を深く刺されたりしては、おそらく眠りつづけてはいられないのではあるまいか。

「だいぶん悪になって来たぞ。」と江口老人は自分につぶやいた。この家に来る老人どものような無力は江口にもそう長年先きのことではないだろう。悪虐《あくぎゃく》の思いがわいてくる。こんな家を破壊し、自分の人生も破滅させてしまえ。しかしそれは、今夜の眠らせられた娘がいわゆる整った美女ではなくて、可愛い美人で白く広い胸を出している親しみのせいのようである。むしろ、ざんげの心の逆のあらわれのようである。怯懦《きょうだ》に終ってゆくらしい生涯にもざんげはある。椿寺の散り椿をともに見た末娘ほどの勇気もなかったかもしれない。江口老人は目をつぶった。

――庭の飛び石づたいの横の低い刈りこみに二羽の蝶がたわむれていた。刈りこみのなかにかくれたり、刈りこみにすれすれだったり、楽しげだった。二羽が刈りこみの少し上にあがって軽やかに舞い交わすと、刈りこみの葉のなかから一つあらわれ、また一つあらわれた。二組のめおとだなと思ううちに、五羽となって入りみだれた。これは争《あらそ》いかと見るまに、刈りこみのなかから続々と舞いあがって来て、庭は白い胡蝶《こちょう》の群れ舞いとなった。蝶はみな高くへはあがらない。そして垂れひろがったもみじの枝さきは、ないような風にゆれ動いている。もみじの枝さきは繊細なのに大きい葉をつけているから風にさとい。白い蝶のむれは白い花畑のように数を増して来た。もみじの木ばかりのところを見ると、この幻はこの「眠れる美女」の家にかかわりがあるのだろうか。幻のもみじ葉は黄ばんだり、赤くなったりしていて、蝶のむれの白をあざやかにしている。しかしこの家のもみじ葉はすでに落ちつくして――ちぢれて枝についているのも少しはあろうけれども、みぞれが降っている。

江口はそとのみぞれの冷めたさなどまるで忘れてしまっていた。してみると白い胡蝶の群れ舞いの幻は娘がそばにゆたかに白い胸をひろげていてくれるからであろうか。この娘には老人の悪念を追いやってくれるなにかがあるのだろうか。江口老人は目をひらいた。広い胸の桃色のちいさいちくびをながめた。善良の象徴のようである。むねに片ほおをのせた。まぶたの裏があたたまってきそうである。老人はこの娘に自分のしるしを残したくなった。この家の禁をやぶれば娘は目ざめてから必ずなやむにちがいない。江口老人は娘の胸にいくつか血のいろのにじむあとかたをつけて、おののいた。

「寒くなるよ。」と夜のものをひきあげた。枕もとのいつもの眠り薬を二粒素直に飲んで、

「重いんだな、したぶとりで。」と江口は手をさげてかかえて向きなおさせた。

あくる朝、江口老人はこの家の女に二度起こされた。一度目は女は杉戸をほとほと叩いて、

「だんなさま、もう九時でございますよ。」

「うん、目をさましている。起きるよ。そっちの部屋は寒いんだろう。」

「早くからストオブであたためてあります。」

「みぞれは?」

「やみました。曇りですけれど。」

「そうか。」

「朝のお支度がさっきから出来ております。」

「ううん。」となま返事をしておいて、老人はまたうっとりと目をつぶった。娘のたぐいまれな肌に寄りそいながら、「地獄の鬼めが呼びに来る。」

女が二度目に来たのは、それから十分もたっていなかった。

「お客さま。」と杉戸をきつくたたいて、「またおやすみになったんですか。」と声もとがっている。

「鍵はかけてないよ、その戸。」と江口は言った。女がはいって来た。老人はものうげに起きあがった。女はぼんやりしている江口の着がえの世話をして、靴下《くつした》まではかせてくれたが、いやな手つきだ。隣りの部屋へ出ると、煎茶はいつもの通り上手に汲《く》んでくれた。しかし、江口老人が味わいながらゆっくり飲むのに、女は冷めたく疑うような白い目を向けて、

「ゆうべの子が、よほどお気にめしたんですか。」

「ああ。まあね。」

「よかったですわ。いい夢をごらんになれましたか。」

「夢？　夢なんかなんにも見なかった。ぐっすり寝た。こんなによく眠れたことは近ごろなかったね。」と江口はなまあくびをして見せて、「まだよく覚めない。」

「昨日はおつかれになっていたんでしょうね。」

「あの子のせいだろう。あの子は、よくやるの？」

女はうつ向いて固い顔になった。

「君に折り入って頼みがあるんだが。」と江口老人は改まって言った。「朝飯の後で、もう一度、あの眠り薬をくれないか。お願いだ。君にお礼はする。あの子はいつ目がさめるのか知らないが……。」

「とんでもない。」と女は青黒い顔が土気色になり、肩までかたくなって、「なにをおっしゃるんです。ものには限度がありますよ。」

「限度？」老人は笑おうとしたが笑いが出なかった。

女は江口が娘になにかしたかと疑ったのか、あわてて立つと、隣室へはいって行った。

その五

正月が過ぎて、海荒れが真冬の音だった。陸はそれほどの風もない。

「まあ、こんなお寒い夜にようこそ……。」と「眠れる美女」の家の女は門の鍵をあけて迎えた。

「冷えるから来たんじゃないか。」と江口老人は言った。「こんな寒い夜に若い肌であたたまりながら頓死《とんし》したら、老人の極楽じゃないか。」

「いやなことおっしゃいますね。」

「老人は死の隣人さ。」

二階のいつもの座敷は、ストオブであたたまっていた。女がいい煎茶を入れるのも変りはなかった。

「なんだか、すきま風のようだね。」と江口が言うと、

「はあ?」と女は四方を見まわして、「すきまはございません。」

「死霊が部屋のなかにいるんじゃないの？」

女は肩をぴくっとして老人を見た。顔色が失われていった。

「もう一杯、たっぷりお茶をくれないか。湯をさまさなくていい。熱いままぶっかけてくれよ。」と老人は言った。

女はその通りにしながら冷めたい声で、「なにかお聞きになったんですか。」

「うん、まあね。」

「そうでございますか。お聞きになったのに、いらして下さいましたの？」女は江口が知っていると感づいたのだろうか、強《し》いてかくそうともしないことにしたらしいが、じつにいやな顔になった。

「せっかくいらして下さいましたけれど、お帰りになっていただけますか。」

「知って来たんだから、いいじゃないか。」

「ふふふ……。」悪魔の笑いと聞けば聞ける。

「どうせ、あんなことは起こるだろうね。冬は老人にあぶないんだから……。寒中だけ、この家も休むことにしたらどうなの。」

「……………。」

「どんなお年寄りが来るのか知らんが、もし第二、第三の死がつづくと、君だってただではすまないよ。」

「そんなことは主人に言ってやって下さい。わたしになんの罪がありますか?」と女はなお土気色の顔になった。

「罪はあるよ。老人の死骸《しがい》を近くの温泉宿に運んだじゃないか、夜陰《やいん》にまぎれてこっそり……。君も手つだったにちがいない。」

女は膝頭《ひざがしら》を両手でつかむような固い姿になって、

「そのお年寄りの名誉のためですわ。」

「名誉か? 死人にも名誉があるのかね。それはまあ世間体《せけんてい》もあるんだろうな。死んだ老人よりも遺族のためかもしれないがね。つまらんようなことだけれど……。その温泉宿とこの家と、おなじ持主なの?」

女は答えなかった。

「ここでその老人がはだかの娘のそばで死んでいたって、多分新聞はそこまでは暴露《ばくろ》しやしなかったと思うがね。もし僕がその老人だったら、運び出すことなどしないで、そのままにしておいてもらった方が、しあわせな気がするな。」

「検死やなにか面倒な調べがあるでしょうし、部屋も少し変っていますから、よくいらして下さるほかのお客さまに御迷惑のおよぶことだってございますでしょう。お相手の女の子たちにも……。」

「娘は老人の死んだことを知らないで眠っているんだろう。死人が少々もがいたところで目をさまさないだろう。」

「はい、それは……。でも、お年寄りがここでおなくなりになったことにすると、娘の方を運び出して、どこかにかくさなければなりませんでしょう。そうしても、そばに女のいたことはなにかでわかりそうでございますね。」

「なんだ、娘をはなしてしまうのか。」

「だってそれは、明らかな犯罪になるじゃございませんか。」

「娘は老人が死んで冷めたくなったくらいでは、目をさまさないんだろう。」

「はい。」

「そばで老人が死んだのを、娘はまったくわからなかったんだな。」と江口はおなじようなことをもう一度言った。その老人が死んでから、どれほどの時間だったか、深く眠らせられた娘は冷めたいむくろにあたたかくよりそっていたのである。死骸が運び出されたのも娘は知らなかったのだ。

「僕は血圧も心臓も大丈夫で心配はないんだが、もしも万一のことがあれば、温泉宿などに運び出さないで、娘さんのそばにそのままおいてもらえないか。」

「とんでもない。」と女はあわてて、「お帰りになっていただきますわ。そんなことおっしゃるんでしたら。」

「じょうだんだよ。」と江口老人は笑った。女にも言ったように、頓死は自分の身に迫っているとは思えない。

それにしても、この家で死んだ老人の葬式の新聞広告は、ただ「急死」と書いてあった。江口は葬儀場で木賀老人に会い、耳もとにささやかれて仔細《しさい》を知った。狭心症で死んだのだが、

「その温泉宿がね、あの人の泊るような宿じゃないんだよ。定宿は別にあった。」と木賀老人は江口老人に話した。「だから、福良専務は安楽死じゃなかったのかと、こそこそ言うやつもあった。もちろん、そいつらも事情はなんにも知らないんだよ。」

「ふん。」

「擬似安楽死かもしれないが、ほんとの安楽死じゃなかろうし、安楽死よりは苦しかったろうね。僕は福良専務とはじっこんだったし、ぴんと頭に来るものがあったから、さっそく調べに行ってみたんだ。しかし、だれにもしゃべっていない。遺族も知らないよ。あの新聞広告はおもしろいじゃないか。」

新聞広告は二つならべて出ていた。はじめのは福良の嗣子《しし》と妻の名だった。つぎのは会

社が出していた。

「福良はこれだったからね。」と木賀は太い首、大きい胸、ことにふくらんだ腹の恰好《かっこう》をして、江口に見せた。「君も気をつけたがいいぜ。」

「僕はそういう心配はないがね。」

「とにかくしかし、福良のあの大きい死体を、夜なかに温泉宿まで運んだんだからね。」

だれが運んだのか。むろん車にちがいないが、江口老人にはかなりぶきみなことであった。

「こんどのことはわからないですんだようだけれども、こういうことがあると、あの家もそう長くないいんじゃないかと、僕には思えるんだ。」と木賀老人はささやいた。

「そうだろうね。」と江口老人は答えたものだった。

今夜も、江口が福良老人のことを知っていると思って、女はかくそうとはしないが、こまかに警戒はしている。

「その娘さんはほんとうに知らなかったの？」と江口老人は意地の悪い問いを女に持ちかけた。

「それは知るはずがありませんけれど、御老人がちょっとお苦しみになったとみえて、娘の首から胸に、引っ掻《か》き傷がございました。娘にはなんのことかわかりませんから、次ぎの日に目をさまして、いやなじじいとは言っておりました。」

「いやなじじいか。断末魔《だんまつま》の苦しみでもね。」

「傷というほどのことじゃございませんでした。ところどころに血の色がにじんで、赤くはれているくらいで……。」

女は江口老人にもうなんでも話しそうである。そうなると江口はかえって聞く気も失った。いずれはどこかで頓死する老人に過ぎなかったろう。しあわせな頓死を遂げたのかもしれなかった。ただやはり、木賀の言う大きい図体の死人を温泉宿に運び出して行ったことだけが、江口の想像を刺戟したが、「老いぼれの死はみにくいね。まあ、幸福な往生に近いかもしれんが……。いやいや、きっとその老人は魔界に落ちているよ。」

「……………。」

「相手の娘は僕も知っている娘さん？」

「それは申しあげられません。」

「ふうん。」

「首から胸に赤いみみずばれが残りましたから、すっかりひくまで休ませてございますけれど……。」

「お茶をもう一杯いただきたいね。のどがかわく。」

「はい。葉を入れかえましょう。」

「そういう事件があると、闇から闇に葬《ほうむ》られたにしろ、このうちも長くはないんじゃないの。そうは思わないか。」

「そうでございましょうか。」と女はゆるやかに言って、顔をあげないで、煎茶を入れた。

「だんなさま、今夜あたり幽霊が出ますよ。」

「僕は幽霊としみじみ話したいね。」

「なにをでございますか。」

「男のあわれな老年についてさ。」

「今のはじょうだんでございますよ。」

老人はうまい煎茶をすすった。

「じょうだんとはわかっているが、幽霊は僕のなかにもいるな。その君のなかにもいるな。」と江口老人は右手を突き出して女を指さした。

「しかし、その老人が死んだって、どうしてわかったの?」と江口は聞いた。

「妙なうめき声が聞えたような気がして、二階へあがって来てみたんでございます。脈も息もとまっておりました。」

「娘は知らなかったんだね。」と老人はまた言った。

「娘はそれぐらいのことでは目をさまさないようにしてございますから。」

「それぐらいのことか……？　老人の死体が運び出されたのもわからないわけだね。」

「はい。」

「それじゃ娘がいちばんすごいね。」

「なにもすごいことはございませんよ。お客さまも、よけいなことをおっしゃってないで、お隣りへ早くお引き取り下さいませ。眠っている女の子をすごいと、これまでにお思いになったことはございましたか。」

「娘の若いということが、老人にはすごいことなのかもしれないな。」

「なにをおっしゃってますことやら……。」と女は薄ら笑いして立ちあがると、隣りの部屋へ行く杉戸を少しあけて、「よく寝入ってお待ちしておりますから、どうぞ……。はい鍵。」と帯のあいだから出した鍵を渡した。

「そう、そう、言いおくれましたが、今夜は二人おりますから。」

「二人？」

江口老人はびっくりしたが、福良老人の頓死があるいは娘たちにも知れているせいかと思った。

「どうぞ。」と女は立って行ってしまった。

杉戸をあける江口に、もう初回ほどの好奇も羞恥も鈍っているのだが、おやと思った。

「これも見習いか。」

しかし前の見習いの「小さい子」とはちがって、これはまったく野蛮《やばん》のようだった。その野蛮のすがたは江口に福良老人の死などほとんど忘れさせてしまった。二つ寄せたとこの入口に近い方にその娘は眠らせられていた。電気毛布などという年寄りくさいものになれないのか、身うちに冬の寒夜をものともせぬ温気《うんき》がこもるのか、娘はみずおちまでふとんをはねのけていた。大の字にねているというのだろう。あおむけで両の腕を存分にひろげていた。ちちかさが大きく紫ずんで黒い。天井からの光りが深紅のびろうどの色に映えて、ちちかさの色は美しくなかったが、首から胸の色も美しいなどというものではなかった。しかし黒光りがしていた。かるいわきがであるらしかった。

「いのちそのものかな。」と江口はつぶやいた。六十七歳の老人には、こういう娘が生気をふきこんでくれる。江口はこの娘が日本人であるのかちょっと疑った。まだ十代のしるしには、広いちちであるのにちくびがふくらみ出ていない。ふとってはいなくて、張りきった形のからだである。

「ふうん。」と老人は手を取ってみると、長い指、そして長い爪だった。からだもきっと今様に長いであろう。いったいどんな声を出して、どんなものいいをするのだろうか。江口はラジオやテレビに声の好きな女がいくたりかいて、その女優の出る時には目をつぶって、声だけを聞いていることがある。老人はこの眠らせられた娘の声を聞きたい誘惑が強くなった。決して目ざめない娘はまともにものを言うはずがない。どうすれば寝言を言ってくれるだろうか。もっとも寝言の声はちがう。また、女はたいていいいく通りもの声を出すものだけれども、この女はおそらく一通りの声しか出さないだろう。ねざまから見ても不作法で気取りなどはない。

江口老人は坐って、娘の長い爪をいじっていた。爪ってこんなにかたいものか。これが健《すこや》かに若い爪なのか。爪の下の血の色が生き生きとしている。今まで気がつかなかったが、娘は糸のように細い金の首輪をつけている。老人はほほえましくなった。またこの寒い夜に胸の下まで出しているのに、額の生え際《ぎわ》が少し汗ばんでいるようだ。江口はポケットからハンカチを出して拭《ふ》いてやった。ハンカチに濃い匂いが移った。娘のわきのしたもふいた。こんなハンカチを持って帰れないので、まるめて部屋の隅《すみ》に投げた。

「おや、口紅をつけている。」と江口はつぶやいた。あたりまえのことなのだろうが、この娘ではこれもほほえましく、江口老人はちょっとながめていて、

「三つ口を手術したのかな。」

老人は投げたハンカチを拾って来て、娘の脣を拭いてみた。三つ口の手術のあとではな

い。上脣のまんなかだけが高くあがっていて、その富士形の線はくっきりとしてきれいだった。そこが思いがけなく可憐《かれん》だった。

江口老人は四十年あまり前の接吻《せっぷん》を、ふと思い出した。娘の前に立ってごく軽く肩に手をかけていた江口は、不意に脣を近づけた。娘は顔を右に避け、左に避けた。

「いや、いや、あたしはしないわ。」と言った。

「いいや、した。」

「あたしはしないわよ。」

江口は自分で脣を拭いて、薄赤くついたハンカチを見せた。

「したじゃないか、これ……。」

娘はハンカチを取ってながめると、だまって自分のハンド・バッグにつっこんでしまった。

「あたしはしないわ。」と娘はうつ向いて、涙ぐんで、ものを言わなかった。それっきり会わなくなった。――娘はあのハンカチをどうしたろうか。いや、ハンカチなどよりも、四十幾年の後の今日、あの娘は生きているだろうか。

江口老人は眠らせられた娘の上脣のきれいな山形を見るまで、そのむかしの娘を幾年忘れていたことか。眠らせられた娘のまくらもとにハンカチをおいておけば、紅がついているし、自分の口紅ははげているし、目をさました時には、やはり接吻を盗まれたと思うだろうか。もちろんこの家では、接吻ぐらいは客の自由にちがいない。禁制ではあるまい。どれほどの老いぼれも接吻は出来る。ただ娘が決して避けはしないし、決して知りはしないだけのことだ。眠った脣は冷めたくて、水っぽいかもしれぬ。愛していた女の死屍《しかばね》の脣の方が情感の戦慄《せんりつ》をつたえないか。江口はここへ来る老人どものみじめな老いを思うと、なおそんな欲望は起きない。

しかし、今夜の娘のめずらしい脣の形は江口老人をややそそった。こんな脣もあるのかと、老人は娘の上脣のまんなかを小指のさきで軽くさわってみた。かわいていた。かわもあついようだ。ところが娘は脣をなめはじめて、よくうるおうまでやめなかった。江口は指をひっこめた。

「この子は眠りながらも接吻するのか。」

しかし老人は娘の耳のあたりの髪をちょっとなでただけだった。太くてかたかった。老人は立ちあがって着かえた。

「いくら元気でも、これではかぜをひくよ。」と江口は娘の腕をなかに入れてやって、かけるものを胸の上まで引きあげた。そして寄りそった。娘は向き直ると、

「ううん。」と両腕を突っ張った。老人はたわいなく押し出されてしまった。それがおか

しくて笑いがとまらなかった。

「なるほど、いさましい見習いかな。」

娘は決して目ざめない眠りに落されていて、からだはしびれているようなものだろうから、どうにでもなりそうだが、こういう娘に力ずくで向ってゆくいきおいは、すでに江口老人からも失われていた。あるいはながいこと忘れていた。やさしい色気とおとなしいうべないからはいるのだった。女の親しみからはいるのだった。冒険や闘争に息をはずませることはなくなっていた。今、眠らせられた娘から不意に押し出されて、老人は笑いながらも、それらのことを思いうかべて、

「やはり年なんだな。」とつぶやいた。この家へ来る老人どものように、ほんとうは来る資格はまだないのだ。しかしその自分の男の残りのいのちももういくばくもないのではあるまいかと、常になく切実に考えさせられたのは、黒光りした肌の娘のせいであろう。

こういう娘に暴力をふるってこそ、若さをゆりさましてくれそうである。「眠れる美女」の家にも江口はややあきている。あきていながら来るたびは逆に多くなる。この娘に暴力をふるい、この家の禁制をやぶり、老人どものみにくい秘楽をやぶり、それをここからの訣別《けつべつ》としたい、血のゆらめきが江口をそそり立てた。しかし暴力や強制はいらないのだ。眠らせられた娘のからだにおそらくさからいはないだろう。娘をしめ殺してしまうことだ

ってやさしいだろう。江口老人の張りあいは抜けて、底暗い虚無《きょむ》がひろがった。近くの高波の音が遠くのように聞える。陸に風のないせいもある。老人は暗い海の夜の暗い底を思った。江口は片肘を立てて、娘の顔に顔を近づけた。娘はふとい息をしていた。老人は接吻もやめて肘を倒した。

江口老人は肌の黒い娘の腕に押し出されたままなので、胸は出ていた。隣りの娘のところへはいった。背を向けていた娘はこちらに身をよじった。眠りながらも迎えるやわらかさはやさしい色気の娘であった。片手を老人の腰のあたりにおいて来た。

「いい取りあわせだ。」と娘の指をもてあそびながら老人は目をつぶった。娘の骨細の指はよくしなって、ほんとうにどこまでしなっても折れないようにしなった。江口はくちにいれたいほどだった。ちぶさも小さいがまるくたかく、江口老人のたなごころにはいった。腰のまるみもそのような形であった。女は無限だと、老人は少しかなしくなって来て目をあいた。娘は長い首だった。これも細くてきれいだった。細身といってもそう日本風に古い感じではない。つぶった目は二皮目だが、その線が浅くて、目をあけば一皮目なのかもしれなかった。あるいは時によって、一皮目になったり二皮目になったりするのかもしれなかった。片目が二皮目で片目が一皮目なのかもしれなかった。部屋の四方のびろうどの映えで、肌の色はただしくはわからなかったけれども、顔の色はやや小麦色、そして首は白く、首のつけ根はまたこころもち小麦色をおび、胸は抜けるように白かった。

黒光りの娘の長身なのはわかっているが、この娘もそうちがわないだろう。江口は足さきでさぐってみた。先《ま》ずふれたのは黒い娘の皮の厚いかたい足のうらだった。しかもあぶら足だった。老人はあわてて足をひいたが、かえってそれが誘いとなる。福良老人が狭心症の発作をおこして死んだという、その相手はこの黒い娘ではなかったのか、それで今夜は二人の娘にしたのではなかろうかと、とつぜん思い閃《ひら》めいた。

しかしそのはずはない。福良老人の断末魔のあがきで、相手の娘は首から胸にみみずばれをつくられて、それが消えるまで休ませてあると、この家の女に聞いたばかりではないか。江口老人は足さきでふたたび娘の皮の厚い足のうらにふれ、黒いはだをさぐりあげていった。

「生の魔力をさずけろよ。」というような戦慄がつたわって来そうだった。娘はかけぶとん――よりもその下の電気毛布をはねのけた。片方の足をそとに出してひろげた。老人は娘のからだを真冬のたたみへ押し出してみたくなりながら胸から腹をながめた。心臓の上に耳をあてて娘の鼓動を聞いた。大きく強いだろうと思ったそれは、意外に小さく可愛かった。しかも少しみだれているのではないだろうか。老人のあやしい耳のせいかもしれなかった。

「かぜをひくよ。」江口は娘のからだをおおい、娘のがわの毛布のスイッチを切った。女の生命の魔力などはなにほどのものでもないような気がして来た。娘の首をしめたらどうであろうか。もろいものだ。老人にもたやすいしわざだ。江口は娘の胸に耳をあてていた方の頬をハンカチで拭いた。娘のあぶら肌が移っているようだ。娘の心臓の音も耳の奥に残っている。老人は自分の心臓の上に手をおいた。自分でさわるせいか、この方がしっかり打っているようである。

江口老人は黒い娘に背を向けると、やさしい娘の方へねがえった。ほどよく美しい形の鼻が老眼になおみやびやかにうつる。細くて美しくて長い、横たわった首は、その下に腕をさしいれて巻いてひきよせないではいられない。首がやわらかく動くにつれてあまい匂いが動いた。それがうしろの黒い娘の野性のきつい匂いとまざりあう。老人は白い娘に密着した。娘のいきは早く短くなった。しかし目ざめる気づかいはない。江口はしばらくそのままでいた。

「ゆるしてもらうかな。自分の一生の最後の女として……。」うしろの黒い娘があおるようだ。老人の手はのびてさぐった。そこも娘のちぶさとおなじであった。

「しずまれ。冬の波の音を聞いてしずまれ。」と江口老人は心をおさえるのにつとめた。

「娘は麻痺《まひ》したように眠らせられている。毒物か劇薬のたぐいを飲ませられている。」なんのために？「金銭のためじゃないか。」と思ってみても老人はためらわれる。女はひとりひとりちがうのがわかってはいても、この娘の一生のいたましいかなしみ、いやされぬ傷となるのをあえておかすほどに、この娘はかわっているだろうか。六十七歳の江口にはもう女のからだはすべて似たものと思えば思える。しかもこの娘はうべないもこばみもこたえもないのだ。屍《しかばね》とちがうのはあたたかい血が、息がかよっているだけだ。いや、明日になれば生きた娘は目ざめる、屍とこれほど大きいちがいがあろうか。しかし娘には愛も恥らいもおののきもない。目ざめたあとに恨みと悔いが残るだけだ。純潔をうばった男がだれかもわからない。老人の一人とさっしがつくだけだろう。娘はおそらくこの家の女にもそれは言うまい。この老人どもの家の禁制をやぶったところで、娘がかくしとおすにちがいないから、娘のほかのだれにも知られずにすんでしまうだろう。やさしい娘のはだは江口にすいついていた。毛布の自分の側の半分の電気を消されてさすがに冷えだしたのか、黒い娘のはだかがうしろから老人をおしまくってきた。かたあしで白い娘のあしまでいっしょにかきよせた。江口はむしろおかしくなって力がぬけてしまった。枕もとの眠り薬をさぐり取った。ふたりにはさまれて手の自由もきかないほどだった。手のひらを白い娘の額にのせて、いつも通りの白い錠剤をながめていた。

「今夜は飲まないでおいてみようか。」とつぶやいた。少しは強い薬なのにちがいなかった。まもなくたわいなく眠ってしまう。この家の客の老人どもはみなこの家の女のいいつけ通り果して素直にこの薬を飲むのだろうかと、江口老人にはじめて疑いが起きた。しかし、眠り薬を飲まないで眠り惜しむ者があるなら、老醜《ろうしゅう》の上になお老醜ではないか。江口はそういう老醜のなかまにまだはいっていないと自分では思っている。今夜も薬は飲んだ。娘を眠らせるのとおなじ薬をほしいと言ったのを思い出した。「御老人にはあぶない。」と女は答えたものだった。それだけで強いてはもとめずにしまった。

しかし、「あぶない」とは寝入ったまま死ぬことであろうか。江口は平俗な境涯《きょうがい》の老人に過ぎないけれども、人間であるからには、時には孤独の空虚、寂寞《せきばく》の厭世《えんせい》におちこむ。この家などは得がたい死場所ではないだろうか。人の好奇心をそそり、世の爪はじきを受けるのも、むしろ死花を咲かせることではないのか。さぞ知り人たちはおどろくであろう。どのように遺族を傷つけるか計りしれないけれども、たとえば今夜のように二人の若い女のなかに眠り死んでいれば、老残の身の本望ではないのか。いや、そうはゆかない。あの福良老人のように死骸をこの家から見すぼらしい温泉宿に運び出されて、そこで睡眠薬自殺をしたということにされてしまうだろう。遺書がなくて原因もわからないから、老いさきをはかなんでということにかたづけられてしまうだろう。この家の女があの薄笑いを浮かべるのが見える。

「なにを、ばかげた妄想《もうそう》。えんぎでもない。」

江口老人は笑ったが、明るい笑いではなかったようだ。すでに眠り薬が少しきいて来ていた。

「よし、あの女をたたき起こして、娘とおなじ薬をもらって来てやろう。」とつぶやいた。しかし女がよこすはずもなかった。また江口は起きあがるのもおっくうだったし、その気もないのだった。老人はあおむいて両の腕に二人の娘の首を抱いた。素直にやわらかくかぐわしい首とかたいあぶら肌の首とだった。老人のうちからあふれわき出るものがあった。老人は右と左の深紅のかあてんをながめた。

「ああ。」

「ああっ。」と答えるように言ったのは黒い娘だった。黒い娘は手を江口の胸につっぱった。苦しいのか。江口は片腕をゆるめて、黒い娘に背を向けた。片腕も白い娘にのばして、このくぼみをだいた。そして目ぶたをつぶった。

「一生の最後の女か。なぜ、最後の女、などと、かりそめにしても……。」と江口老人は思った。「それじゃ、自分の最初の女は、だれだったんだろうか。」老人の頭はだるいよりも、うっとりしていた。

最初の女は「母だ。」と江口老人にひらめいた。「母よりほかにないじゃないか。」まったく思いもかけない答えが浮かび出た。「母が自分の女だって？」しかも六十七歳にもなった今、二人のはだかの娘のあいだに横たわって、はじめてその真実が不意に胸の底のどこからか湧《わ》いてきた。冒涜《ぼうとく》か憧憬《どうけい》か。江口老人は悪夢を払う時のように目をあいて、目ぶたをしばたたいた。しかし眠り薬はもうだいぶんまわっていて、はっきりとは目覚めにくく、鈍く頭が痛んでくるようだった。うつらうつら母のおもかげを追おうとしたが、ため息をついて、右と左との娘のちぶさにたなごころをおいた。なめらかなのと、あぶらはだのと、老人はそのまま目をつぶった。

母は江口が十七の冬の夜に死んだ。父と江口とは母の右左の手を握っていた。結核で長わずらいの母の腕は骨だけだったが、握る力は江口の指が痛いほど強かった。その指の冷めたさが江口の肩までしみて来る。足をさすっていた看護婦がそっと立って行った。医者に電話をかけるためだろう。

「由夫、由夫……。」と母が切れ切れに呼んだ。江口はすぐに察して母のあえぐ胸をやわらかくなでたとたんに、母は多量の血を吐いた。血は鼻からもぶくぶくあふれた。息が絶えた。血は枕もとのガアゼや手拭《てぬぐい》でふききれなかった。

「由夫、お前の襦袢《じゅばん》の袖《そで》で拭け。」と父は言って、「看護婦さん、看護婦さん、洗面器と水……。うん、そうだ、新しい枕と、寝間着と、それから敷布も……。」

江口老人が「最初の女は母だ。」などと思えば、あのような母の死にざまが浮かんで来るのは当然だった。

「ああっ。」江口には密室をかこむ深紅のかあてんが血の色のように思えた。まぶたをかたく閉じても、目の奥に赤い色は消えないようだった。しかも眠り薬で頭はもうろうとしていた。そして両のたなごころは二人の娘のういういしいちぶさの上にあった。老人は良心や理性の抵抗も半ばしびれていて、目じりに涙がたまるようであった。

「こんなところで、なぜ母を最初の女などと思ったのだろう。」と江口老人はあやしんだ。しかし、母を最初の女としたからには、そののちのいたずら遊びの女などは思い浮かべられもしなかった。そして事実の上の最初の女は妻であろう。これならばいいが、すでに三人の娘を嫁に出してしまった老妻はこの冬の夜にひとりで眠っている。いや、まだ眠れないでいるだろうか。ここのように波の音はないが、夜寒はここよりきびしいかもしれない。老人は自分のたなごころのしたにある二つのちぶさはなんだろうと思った。自分が死んだあとにも温い血をかよわせて生きてゆくものだ。しかしそれがなんだろう。老人の手にだるい力がはいってつかんだ。娘たちは乳房も深く眠らせられていていてこたえてこない。江口が母のいまわに胸をなでた時ももちろん母の衰えた乳房にふれた。乳房とも感じなかったものだ。今からは思い出せない。思い出せるのは、若い母の乳房をまさぐって眠った幼い日である。

江口老人はいよいよ眠気に吸いこまれそうで、寝いい姿となるために二人の娘の胸から手をひいた。黒い娘の方にからだを向けた。その娘の匂いが強かったからである。娘の息はあらくて江口の顔にかかった。娘は少し脣をひらいていた。

「おや、可愛い八重歯だ。」老人は指でその八重歯をつまんでみた。大粒の歯なのにその八重歯は小さい。娘の息がかかって来なければ、江口はその八重歯のあたりに接吻したかもしれなかった。しかし娘の濃い息は老人の眠りをさまたげるので寝返りした。それでも娘の息は江口の首筋にあたった。いびきではないけれども、声のあるような寝息だった。江口は首をすくめかげんに、白い娘の頰に額を寄せた。白い娘は顔をしかめたのかもしれないのだが、ほほえんだように見えた。うしろにふれている脂性の肌の方が気にかかった。冷めたくぬめっている。江口老人は眠りに落ちた。

二人の娘にはさまれて寝苦しいのか、江口老人は悪夢におそわれつづけた。つながりはなかったが、いやな色情の夢であった。そしてその終りは、江口が新婚旅行から家に帰ると、赤いダリアのような花が家をうずめるほどに咲いてゆれていた。江口は自分の家かと疑ってはいるのをためらった。

「あら、お帰りなさい。そんなところでなに立っているのよ。」と死んだはずの母が出迎えた。「花嫁さんが恥ずかしいの?」

「お母さん、この花はどうしたんです。」

「そうね。」と母は落ちついていた。「早くおあがりなさいよ。」

「ええ。うちをまちがえたかと思った。まちがえるはずはないんだが、たいへんな花だから……。」

座敷には新夫婦を迎える祝いの料理がならんでいた。母は花嫁のあいさつを受けてから、吸いものなどをあたために台所へ立って行った。鯛《たい》を焼く匂いもした。江口は廊下へ出て花をながめた。新妻もついて来た。

「まあ、きれいな花ですわね。」と言った。

「うん。」江口は新妻を恐れさせぬために、「うちにはこんな花はなかったんだが……。」とは言わなかった。江口が花々のうちの大輪を見つめていると、一枚の花びらから赤いしずくが一つ落ちた。

「あっ?」

江口老人は目がさめた。首を振ったが、眠り薬でぼんやりしていた。黒い娘の方に寝がえりしていた。娘のからだは冷めたかった。老人はぞっとした。娘は息をしていない。心臓に手をあてると。鼓動《こどう》がとまっていた。江口は飛び起きた。足がよろめいて倒れた。がたがたふるえながら隣室へ出た。見まわすと床の間の横に呼鈴があった。指に力をこめて長いこと押した。階段に足音が聞えた。

「眠っているあいだに知らないで、娘の首をしめたのではないか。」

老人は這《は》うようにもどって、娘の首を見た。

「どうかなさいましたか。」とこの家の女がはいって来た。

「この子が死んでいる。」江口は歯の根が合わなかった。女は落ちついて、目をこすりながら、

「死んでいる？　そんなことはあろうはずがございません。」

「死んでいるよ。息がとまっている。脈がきれている。」

女はさすがに顔色をかえて、黒い娘の枕元に膝を落した。

「死んでいるだろう。」

「………。」女はかけものをまくって娘をしらべた。「お客さま、娘にどうかなさいましたか。」

「なにもしない。」

「死んでいません。お客さまはなにもご心配なさらなくて……。」と女はつとめて冷めたく落ちついて言った。

「死んでいるよ。早く医者を呼べよ。」

「…………。」

「いったい、なにを飲ませたんだ。特異体質ということもある。」

「お客さまはあまり騒がないで下さい。決して御迷惑はおかけしませんから……。お名前も出しませんから……。」

「死んでいるんだよ。」

「死にはしないでしょう。」

「今、なん時だ。」

「四時過ぎです。」

「手つだおう。」

女ははだかの黒い娘を抱きあげてよろめいた。

「いりません。下には男手もありますから……。」

「その子は重いだろう。」

「お客さまは余計な御気遣《きづか》いなさらないで、ゆっくりおやすみになっていて下さい。娘ももう一人おりますでしょう。」

娘がもう一人いるという言い方ほど、江口老人を刺したものはなかった。いかにも、隣室のとこには白い娘が残っている。

「まさか眠れんじゃないか。」と江口老人の声には憤怒《ふんぬ》と言っても、臆病《おくびょう》と恐怖が加わっていた。「僕もこれから帰るよ。」

「それはおよしになって下さい。今じぶんここからお帰りになると、もしあやしまれるといけませんし……。」

「寝られんじゃないか。」

「もう一度、お薬を持ってまいります。」

女が階段の途中から黒い娘を引きずりおろすような音がした。老人はゆかた一枚に、寒気の迫るのをはじめて気がついた。女が白い錠剤を持ってあがって来た。

「はい。これで明日の朝は、どうぞごゆっくりおやすみになって下さいませ。」

「そうか。」老人が隣室への戸をあけると、さっきあわててかけたものをはねのけたままらしく、白い娘のはだかはかがやく美しさに横たわっていた。

「ああ。」と江口はながめた。

黒い娘を運び出すらしい車の音が聞えて遠ざかった。福良老人の死体がつれ去られた、あやしげな温泉宿へ運ばれて行ったのだろうか。

写真　新津保建秀
イメージモデル　多部未華子
スタイリング　椎名直子
ヘア&メイク　石田賢治

編集　杉田淳子（ゴーパッション）
ブックデザイン　鈴木成一デザイン室

協力　ヒラタオフィス
KiKi inc.
鳳明館 別館

眠れる美女

著者　川端康成

二〇〇八年六月二〇日　初版第一刷発行

発行人　伊藤 高

発行　プチグラパブリッシング
〒一五一－〇〇五一 東京都渋谷区千駄ヶ谷五－二－一八
電話〇三－五三六六－二四〇〇
ファックス〇三－五三六六－二四〇二
info@petit.co.jp
http://www/petit.org

印刷・製本　中央精版印刷株式会社

ISBN 978-4-903267-70-8 C0093

＊新潮文庫『眠れる美女』を底本とし、著作権継承者の了解を得て一部ルビを修正しました。

少女の文学シリーズ

1　少女時代に読んでおきたい、
2　魅力的な少女に出会える、
3　少女時代の気分を思い出せる、
4　少女のことをもっと知ることができる、

少女の文学シリーズは、スタンダードな小説や詩と新鮮なヴィジュアルを組み合わせた、新しい文学の読み方を提案するシリーズです。

年齢や性別に関係なく〝少女〟をキーワードに、日本が誇る様々な名作を今改めて読みたい人に届けるために誕生しました。豊かな読書の時間を愉しんでいただけましたら、幸いです。どうぞ続刊にもご期待ください。